Shino Yuizaki
結崎《ゆいざき》志乃《しの》
三代のうしろの席に座る同級生女子。男子が苦手ながら、三代と付き合うことに。いつでも彼と甘えたり、ちゅーをしたい
The gal is sitting behind me, and likes me.
うしろの席のぎゃるに好かれてしまった。
number 2
もう俺はダメかもしれない。

いっしょに過ごせる放課後、ホント最高！

The gal is sitting behind me, and loves me.

Sandai
藤原《ふじわら》三代《さんだい》
成績超優秀ながら、ぼっちだった
高校生。志乃と付き合ってから、
容姿も変わり、日常生活も一変す
る!

The gal is sitting behind me,
and loves me.
好きな人と触れあいたいし、もっと〝なかよし〟になりたいから……

恋人が一緒に入るのは、なーんにもおかしいことじゃないと思うけど？

The gal is sitting behind me, and loves me.
結崎美希《ゆいざきみき》
三代によくなついている、志乃の妹。耳年増すぎて、姉と三代の仲を煽ってくる!?
おにいちゃんとおねえちゃんは、何をおねがいしたのかな?

CHARACTER

Kayoko Nakaoka

中岡佳代子《なかおか・かよこ》

三代のクラスの担任で、化学教師。志乃のことを心配しており、三代を焚き付けた張本人

Mei

芽衣《めい》(チョココロネ)

志乃のバイト先の同僚ギャル。気さくな子だけど、毒舌が強い。三代からは、髪型由来のチョココロネと呼ばれる

Mahiro Takasago

高砂《たかさご》まひろ

志乃と三代のクラスメイト。大人しくて臆病。学級委員長の四楓院《しほういん》のことが好きで、相談を持ちかけられる

Hajime Saeki

佐伯《さえき》ハジメ

三代の水族館バイトの同僚。見た目がすごく女の子っぽいが男の子。三代に学校外でできた初めての友達

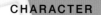

うしろの席のぎゃるに好かれてしまった。2
もう俺はダメかもしれない。

陸奥こはる

ファンタジア文庫

3257

口絵・本文イラスト　緋月ひぐれ

CONTENTS

目次

THE GAL IS SITTING BEHIND ME, AND LOVES ME.
2

005 プロローグ

012 11月23日〜12月1日
期末テストをがんばろーね。

057 12月5日〜12月10日
委員長は罪な男だね。

099 閑話休題①:
チョココロネとは合わないんだよな。

110 12月16日〜12月25日
クリスマスがやってきたね。

155 12月26日
挨拶……だね。

184 閑話休題②:
俺も迂闊だったな。

192 12月28日〜12月29日
やっとスタートラインなのかもね。

237 12月30日〜1月3日
初詣も色々あるよね。

260 エピローグ

264 あとがき

November
11

December
12

January
1

✦

プロローグ

十一月の下旬。

藤原三代《ふじわらさんだい》が自分の彼女であるギャル――結崎志乃《ゆいざきしの》の異変に気づいたのは、いつも通りに志乃のバイトの迎えに行ってすぐのことだ。

いつもならば、三代が迎えにくると、志乃は待ってましたと言わんばかりにニコニコの笑顔になるのだが……今日は妙に大人しくどこか思いつめたような顔をしていた。

「どうした?」

三代が訊《き》くと、志乃は目を泳がせ、それから急に立ち止まって下唇を噛《か》んだ。

「……」

志乃は何かあればすぐに口にするタイプなのだが、それがこのように押し黙るのは、なんとも珍しかった。

こういう時に無理に聞き出そうとしても、余計に言い出し辛《づら》くさせてしまうだけだ。三代は足を止め、志乃が切り出すまで待つことにした。

街灯が何度も明滅を繰り返し、数分が経《た》ったところで、志乃はようやく口を開いた。

「お願い……あるんだけど……」

志乃はぎゅっと目を瞑《つぶ》って両手を合わせると、勢いよく頭を下げた。

「べんきょー教えて！　期末テストで赤点取るの避けたいの！　テスト大変そうなら勉強教えてくれるって、前に三代が言ってくれたじゃん？　ごめん頼る！」

どうやら志乃は勉強を教えてほしいそうで、三代が以前に言っていた『イザとなれば頼ってくれていい』という言葉に甘えたいらしい。

そういうことか、と三代は納得する傍《かたわ》ら、そんなに悩むほどのお願いだろうか？　という思いも抱いた。

三代は勉強を教えるのを嫌がる性格ではないし、それを事前に伝えているのだから、志乃もそこは理解しているハズだ。

では、どうして？

三代は少し考えて――ハッとする。期末テストまで時間がほとんどない、ということに気づいた。

「勉強を教えるのは構わないが、少し言うのが遅くないか？　期末テストは一週間後なワケだが……」

そう、期末テストまで残された時間はたった一週間であった。

期末テストは範囲が広く、付け焼き刃の手法は通用しにくいこともあり、この日数で対処するのは難しいものがある。

イザとなれば頼れ、と三代は確かに志乃に言った。だが、それは今月の上旬のことであり、大体今から三週間は前だ。

その時点では、今からの残り一週間も合わせて期末テストまで一か月近くの猶予がある状態であり、それくらい時間的余裕があったからこそ、三代は強気に頼れと言ったのである。

一週間でなんとかして、と言われるのは想定外だった。

（せめて二週間は欲しかったな。もっと早く言ってくれたらよかったんだが……いや、時間は巻き戻せないんだ。こうしてくれたら、なんて考えるだけ時間の無駄だ）

こういう時、人によっては怒ったり呆《あき》れたりするものだが、三代がそうした感情を抱くことはなくあくまで前向きだ。

それは恋人同士だからというのもあるが、それ以上に志乃の状況や心情を察したからでもある。

志乃は普段、アルバイトに多くの時間を割いており、テストのことを考える余裕がないのだ。そうした中で、迫る期末テストに気づき、彼氏の三代の言葉を思い出して頼ろうとしてくれている。

そんな志乃に対して、怒ったり呆れたりすれば、それは単なる無神経である。そんなことが三代にできるわけもなかった。

ともかく、今はやれるだけやるしかなく、三代は鞄《かばん》から教科書と問題集を引っ張り出し、この一週間でどう教えるかの流れを歩きながら考えた。

「怒ってる……？」

「怒ってない」

「ほんと？」

「本当だ。どういう風に教えるか今考えてる。少し待ってろ」

絶対ではないが、各教科各教論ごとに出題傾向というものがある。三代はある程度それを把握していたりはする。

それを踏まえたうえで、一週間という時間は無謀に等しく難しかった。だが、頼られたからには、彼氏としてなんとかしてやりたいのだ。

「……ごめんね。もっと早く言えばよかったよね」

「志乃が謝る必要なんてない。頼ってくれていい、と言ったのは俺だ。言葉には責任がある。俺は俺の責任を果たす必要があるわけだ」

「……」

「ギリギリだから勉強漬けの一週間になるぞ」

「……うん」

志乃は安堵《あんど》した表情で小さくこくりと頷《うなず》いた。三代はにっこりと微笑《ほほえ》むと、手にした教科書を丸めた。

「頑張るか」

「うん！　あたしがんば――ん？　ねぇ三代……ちょっと聞きたいことが……」

「どうした？」

「なんで教科書を丸めてるの？」

「改めて言うが俺は怒ってない。呆れたりもしていない。だが、日数がないんだ。それはわかるよな？」

「一週間〝も〟あるじゃなくて、一週間〝しか〟ないのは理解してる！」

「そうだ。こういう状況の時は、普通に考えてスパルタになるよな？」

「え――うぐぐぐっ」

「こうなるよな？」

「お、怒ってゆ、絶対に呆れてゆ！」

「そんなことはない」

三代は教科書を丸めて作った棒の先端で、可愛《かわい》らしい己の彼女のぷにぷにの頬を、ぐいぐいと押した。

決して怒っていないし、呆れたりもしていない。ただ純粋に、必ずや志乃を赤点回避に導くという使命感があるだけだ。

だがしかし、ムチだけでは志乃もやる気を失うだろうし、何かしらの飴《あめ》も必要だ。どんな飴を用意するべきか、それが悩みどころである。

とにもかくにも、志乃を勉強漬けにする日々が始まった。

11月23日～12月1日　期末テストをがんばろーね。

1

マンションでの二人きりの憩いの時間、学校の休憩時間、その他のあらゆる空き時間の全てを志乃《しの》の勉強に費やすことにした。

それは少し過剰にも思えるほどで、教室においても、クラスメイトたちが話題にし始めるレベルでもあった。

——結崎《ゆいざき》さんって補習の常連だけど、それ気にしてないように見えてたんだけど……。

——藤原《ふじわら》が怖い顔して勉強教えてるみたいだが、あいつ勉強できるのか？　結崎の彼氏だからってカッコつけてるだけか？

——授業中に当てられた時に迷わずに即正解答えるし、たまに先生に当てられて困ってる結崎さんのことこっそり助けてたりもするし、藤原くん結構頭いいんじゃない？

――マジかよ……つーか、俺も結崎に勉強教えたいな。保健体育の実技のお勉強を教えてあげましょーかってな。ぐへへ。

――気持ち悪い。そんなだから彼女ができないんじゃないの？　藤原くんを見習いなさいよ。えっちなこと考えてない感じじゃん。

――藤原みたいなのに限って、むっつりだったりすると思うが？

――うーわ……そうやって人の彼氏の評判落とそうとするの、嫉妬が見え隠れしてドン引きなんですけど？　性格悪すぎでゾワゾワしてくる。

――別に藤原の評判落とそうとか、そんなつもりはないっつーの！

――志乃はお馬鹿だし、藤原が頑張っても無理だと思うけどネ。うちらと同じ補習常連組をどうにかしようなんて無駄無駄。

――志乃、それは私たちお馬鹿ちゃん軍団の中でも随一のお馬鹿ちゃんの名である。


周囲から色々と言われている、ということには三代《さんだい》も気づいていた。だが、時間が足りないことへの漠然とした不安が大きく、いちいち周囲の目など気にしている暇がないので完全にスルーだ。

そんなことよりも、どうすればもっと志乃の勉強時間を確保できるか、の方が今は大事だった。

教科書や問題集と睨《にら》めっこをする志乃を眺めながら、三代は考えた。

一日、二日と時間が過ぎる中で、三代の脳裏に閃《ひらめ》きが走ったのは、教室の窓越しに走る電車を見た時である。

「そうか……勉強に使える時間をもっと増やせるな。単純なことだった。志乃ちょっといいか？」

「……三代がやれって言ったとこやってるよ。あたしサボってないからね。すっごくがんばってる」

「それは見てればわかる。そうじゃない。聞いてくれ。今日から志乃を駅までじゃなくて家まで送る」

三代の突然の提案に志乃はきょとんと目を丸くした。

「え……？　どしたの急に？　家まで送ってくれるのは嬉《うれ》しいけど……でも、大変だと思うよ？　三代がマンションに帰る頃には日付変わってるかも？」

志乃が通学に電車だけで片道一時間、往復でおよそ二時間かけていることは三代も知っていたし、これはだからこその提案でもあった。

なので、三代は「構わない」と即答した。

「うー……ん」

志乃は悩ましげに、眉根を寄せて腕を組んで口を尖《とが》らせる。何か思うところがあるようだ。

「都合が悪かったりするのか？」

「前から言ってるけど、あたしの家って電車だけでも一時間とかかかる場所で……郊外のそのまた先のだいぶ地方なんだよね……」

志乃が気にしていたのは、実家が都市部ではないことらしく、なんとなく三代には志乃の思うところが見えてきた。

馬鹿にされたらどうしようとか、幻滅されたらどうしようとか、恐らくそういうことを志乃は考えているのだ。

だが、三代はそんなことを気にする男ではなく、志乃もそれはわかっているハズだ。ただ、万が一、という不安が拭えずに悩んでいる。

こういう時は、さっと不安を取り払ってやるのが一番である。

「地方？　それがどうかしたのか？」

どこに実家があろうが気にしていない、と三代が伝えると、志乃が最後の一押しを貰《もら》えたことへの安堵の息を吐いた。

「そっか。そうだよね、三代はそういうの気にしないもんね。それじゃーお願いしようかな」

三代がにっこりと微笑むと、志乃はくしゃっとした愛らしい笑顔になった。彼氏に家まで送って貰えるのは、女の子として志乃も嬉しいようだ。

しかし、そんな志乃もすぐに気づくことになる。これが地獄への片道切符だと……。

2

バイトが終わった志乃を迎えに行き、マンションで恋人の時間を過ごし、それから駅まで送るのが三代のいつもの日常だ。

だが、期末テストが終わるまでは、そうした日常はお預けとなる。空いた時間の全てを志乃のテスト対策の為《ため》に費やし——そして、本来であればお勉強から離れて志乃が一息を吐ける電車での移動時間にも目をつけ、半ば強制的に問題集と教科書を開かせていた。

今まさに、揺れる電車の中で三代は志乃に勉強を教えていた。

「くそー……家まで送るってゆったの、まさかこの為？」

「ようやく気づいたのか？」

「てっきり、あたしといちゃつく時間を増やしたかったのかと……」

「一緒にいる時間を増やしたい気持ちもあるが、今はそれよりも、有効に使える勉強時間の確保だ。無駄のない時間の使い方だと思わないか？」

「そ、そーだね」

三代は満足気に頷くが、まさかそんな理由で家まで送ると提案されたと思っていなかったと述べる志乃は、頰を引き攣《つ》らせている。

「うぅ〜」

「ほら、次のページを開くんだ」

「待って！　この内容の問題もう一問だけやりたい！」

「そうか。それじゃあ、それ解いたら次だ」

「……うん」

志乃なりに〝時間がない〟という意識をしっかり持っているようで、なんのかんの言いながらも三代の言う通りに勉強を進めている。

しかし、勉強が志乃にとって慣れないことであるのも確かで、かなりストレスが溜《た》まっているのを三代は雰囲気から汲《く》み取っていた。

今のところ、三代は志乃に鞭《むち》しか与えておらず、そろそろ飴を投入した方がよさそうな頃合いだ。

　だが、一言に飴と言っても、三代の貧しい想像力ではどういう飴がよいのか思い浮かぶワケもなく……。

　三代はとりあえずスマホで『彼女の機嫌をよくする方法』と検索してみた。すると、色々と出てきた。

　ネットは便利だ。自分の頭では考えるのが難しい事柄にも、色々なヒントを与えてくれる。

　ただ、決して万能ではなく、記事ごとにまるで正反対のことも書いてある。クリスマスプレゼントの時にそうであったように、今回もまた同じく、ネットの海を彷徨《さまよ》えば彷徨うほど何が正解かわからなくなってきた。

　こういう時は……自分の力だけで正解を探そう、というやり方は諦めるべきだ。下手にサプライズ要素を入れるよりも、本人に直接聞くのが一番である。三代も色々な経験を得てそれを理解している。

「なぁ志乃、突然だが、志乃が赤点を回避した暁にはご褒美《ほうび》が必要だと俺は思ってる」

「う？」

　志乃はぴくりと耳を動かし、少しニヤけた。だが、そんな嬉しそうな表情を見せたのは一瞬だけだった。

「気持ちは嬉しいけど、ご褒美いらなーい」

志乃の返答は素っ気なかった。

「いらないのか？」

「三代はいつもあたしの為に何かしてくれようとするけどさ、でも、そんなことばっかしてたら、三代のお財布寂しいことになりそーだしね」

どうやら、志乃は三代の懐《ふところ》具合を気にしてくれているらしいが……そうした心配は杞憂《きゆう》というものである。

三代は十二月一日から水族館でアルバイトを始める予定であり、そのバイト代が十五日締めの二十五日払いであった。つまり、来月末にはある程度まとまったお金が手に入るはずなので、ご褒美の資金にはアテがある。

三代がそのことを志乃に伝えると、志乃は「えっ？」と驚いた。

「バイト始めるの？」

「来月の初めくらいからな」

「すぐじゃん。なんで言ってくれなかったの？」

「そのうち言うつもりだった。採用決まったのもわりと最近だったからな」

「あたしのバイト終わりの迎えとかどうなるの……？」

「志乃の迎えに間に合うような時間でしか働かない」

「そっか。ってゆうか、バイト先どこ？　何するの？　女の子いる？」

志乃の瞳がスゥっと窄《すぼ》まったことに三代は気づいた。ここは返答を間違えてはいけない部分だ、という直感が働いた。

志乃が嫉妬深く独占欲が強いのは、彼氏だからこそ知っている。

「バイト先は新規オープン予定の水族館だ。掃除で入ることになってる。女性はいる。面接官だった副館長が女の人だった。それ以外だと……挨拶もまだの顔もわからない人たちの中にいる可能性はある。ただ、俺の仕事は掃除だ。人とは関わらないからな」

「女性の副館長さんって何歳くらいの人なの？」

「何歳だったか……聞いたような気もするんだが、右から左に聞き流していたから覚えてないな。二回か三回くらい聞いたような記憶はあるが、思い出せない」

志乃の機嫌を損ねないよう、三代はなるべく慎重に言葉を選んだ。ちなみに嘘《うそ》は言っておらず、副館長である小牧《こまき》の年齢を覚えていないのも事実である。

「……そのバイト先の水族館がオープンしたら、働いてる三代を見てみたいから行ってもいい？」

やましいことがないなら、当然ＯＫだよね？　という志乃からの無言の圧を三代は感じると同時に、内心に若干の動揺が広がった。

志乃がハジメに対してどういう反応を示すのか、少し気がかりだ。志乃は男の子にも容赦がないのである。

ただ、今ここで下手な動揺を見せるのは、余計な疑いを持たせるだけだ。三代は冷静にいつも通りの表情を維持した。

「俺が働いている姿を見ても、あまり面白くもないと思うぞ」

「面白いとか面白くないとかじゃなくて、見てみたいの！」

「……なるほどな」

三代は脳みそをフル回転させた。

そして、自分が志乃よりも先にバイトが終わる＝自分のバイト中に志乃が水族館にくることは不可能、という事実に気づいた。

恐れることは何もないと悟った三代は、下手に違和感を持たれない為にも、志乃の意思を歓迎すべきと判断する。

「わかった。楽しみにしてる」

「うん！」

志乃が嬉しそうに頷《うなず》いたのを見て、どうにか切り抜けられたと安堵《あんど》した三代は、下手にボロを出さない為にも話を元に戻すことにした。

「とにかく、俺なりに資金のアテがあるということだ。だから遠慮はするな。無理な要望の場合には無理とハッキリ言うしな、俺は」

「そっか」

「そうだ。今すぐじゃなくてもいい。そうだな、テストが終わって赤点を回避できたら、その時に改めて一緒に考えるか」

「そこまで言われたら、ご褒美受け取るしかないかな。ありがと」

三代の懐事情を心配する必要がないことを知って、志乃も納得してくれたようだ。やれやれという感じにではあったが、ご褒美を受け取って貰えることになった。

さて、横道に逸《そ》れた話もひと段落したので、三代は引き続き電車の中で志乃に勉強を教え続けた。

時間はあっという間に過ぎて、志乃の実家近くの駅が近づいてきた。

三代が車両の窓から外を眺めると、ぽつぽつと等間隔に置かれている街灯と、ちょっとした商店街のようなものが見えてくる。

ガタンゴトン、と揺れる電車は徐々に速度を落とし、やがて停車した。停車駅名のアナウンスが流れ〝ぷしゅう〟と扉が開いた。

　志乃は広げていた問題集を片付けて鞄《かばん》に押し込むと、電車から降りた。三代も後を追って降りた。

　どこにでもあるような、少し田舎の地方の街だ。駅前に出ても目立つような建物はなく、中途半端《ちゅうとはんぱ》に看板の明かりが点《つ》いている店が並んでいる。唯一目を引く建物があるとすれば、それなりの高さがある一軒のホテルくらいだ。

「あたしの家あっち」

　志乃が指差したのは、先ほど電車の窓からも見えた商店街だ。

「商店街か？」

「うん。あの中にお豆腐屋さんがあるんだけど、そこ」

「豆腐屋？」

「そだよ。潰れてるようにしか見えないお店だけどね。一日のうちで開いてる時間も二時間か三時間くらいだし」

「二時間か三時間って、随分と短い営業時間だな」

「作って配達してってやってるから、お店開けられる時間がそんなにないんだよね。でも、田舎だからお店開けてても誰もこないから」

「……なるほどな」

「そんな感じで、お父さんとお母さんだけでなんとかなっちゃってるけど……ただ、配達とか忙しくても、そもそもお豆腐は安いからお金にならなくて、結構生活が厳しくて、だから、あたしも自分の分は自分でなんとかしようと思って他でバイトしてる」

「……前に言ってたな。そんなに裕福じゃないからバイトしてるって」

志乃からその話を聞いた日のことを、三代はよく覚えている。

台風で電車が止まったからと志乃が突然やってきて、泊めることになって、一緒にゲームをして停電が起きて……。

忘れられない一日だ。

「なんにしても、志乃も大変だな」

「そーなんだよ」

「素直でよろしい。それにしても、豆腐屋ってことは豆腐が食べ放題か？」

「食べ放題はできるけど、あたしそんなにお豆腐を食べないから……」

「嫌いなのか？」

「や、嫌いじゃないし、中一くらいまではわりと食べてたけど……うーん……ただ……その……ちょっとね」

「嫌いじゃないなら、食べればいいんじゃないか？」

「あたし気にしてることがあって、それをなんとかしようと思って、それで食べないようになったの」

　志乃は頬を徐々に赤く染めると、恥ずかしそうに俯《うつむ》いた。

「……絶対に笑ったりしないって、そう約束してくれる？」

　なぜそんなことを念押しするのか、三代にはそれがよく分からなかったが、本人が笑ってほしくないと言うのだ。ならば、その通りにするだけだ。

「約束する。笑わない」

　三代が即答すると、志乃は意を決したように唾を呑《の》み込み、

「あのね、お豆腐を食べるとおっぱい大きくなるっていうの知って、それで食べなくなった」

「は？」

「……小学校の高学年くらいから、どんどんおっぱい大きくなってきちゃって、あたし結構それを気にしてて、これ以上大きくしない為《ため》にどうしたらいいのかなって思って、そうこうしてるうちに中学生になっちゃって、それで、スマホで調べものしてた時にたまたま『お豆腐食べるとおっぱいが大きくなる』っていうの見て……それで食べなくなった」

こんな話になると思っていなかった三代は、どう答えたものかと悩んだ。聞かなければよかった、という後悔すら湧いてくる。

「そ、そうなのか……」

「そそ。それでさ、おっぱい大きいの本当に嫌だったんだよね。水泳の授業とかの時は隠せないし、ガン見してくる男の子とかいて……生理だって毎回嘘ついて水泳の授業休んだりとかしてた」

子ども――特に男の子はよくも悪くも正直だ。顔は可愛《かわい》く、それに加えて胸も大きい志乃に常に目が釘付《くぎづ》けだったのだろう。

三代はふと、以前に志乃から『ひっきりなしにＤＭがくるからＳＮＳをやらなくなった』という話をされたことを思い出した。

志乃は三代以外の男を苦手としているが、そうなるのにも相応の過去と理由があるのであって、それは志乃にとって深い傷なのだ。

そして、恐らく、そうした経験が志乃が見せる嫉妬や独占欲にも繋《つな》がっている。

普通の男の子とは違う三代が希少であることを本能的に察し、逃がしたくない、と志乃は無意識に思っていそうな節がある。

「色々あったみたいだが、そういうのは気にするだけ無駄だ――と言いたいところだが、そう言われるだけで気にしなくなるなら苦労はしないしな」

三代なりに、志乃が求めていそうな言葉を紡いでいく。なるべく傷つけないように、志乃の心が軽くなるように。

だが、そうそうスマートにはいかない。三代はそこまで完璧な男の子ではないのだ。

「かといって、体の問題は難しい話だ。小さくしようとすると、手術とかそういう話になる」

「へ？」

「どうしたものか」

「……もしかして、なにか気を使ったコト言おうとしてる？　そんなことしなくても、聞いてくれるだけであたしは十分だよ？　誰にも言えなかったことを口に出せただけで、凄《すご》い気持ち軽くなってる」

志乃に呆《あき》れ顔《がお》になられてしまい、三代は苦笑した。

三代は元々コミュ障のぼっちということもあり、自分の思っていることを顔に出さないようにするスキルに自信があるのだが……しかし、志乃は意外と簡単に三代の考えていることを見抜いてくる時がある。

「ここがおうちー」

そうこうしているうちに、志乃の家に着いてしまった。

それなりに築年数を重ねていそうな、木造二階建ての建物だ。豆腐屋の看板も掲げられている。

「ところで……今さらながらに思ったんだが」

「なに？」

「もしかして今日、俺は志乃のご両親にご挨拶するべきか？」

「あたしの親と会ってもいい、っていう覚悟もあって家まで送ってくれた的な意味もあったんじゃないの？」

「いずれ機会があれば、ご両親と会うことになるのは考えていた。だが、それにしたって夜の遅い時間は色々と駄目だと思うんだ」

志乃の両親への挨拶というか、顔見せというか、それはいつか訪れる出来事だと三代もうっすらと考えてはいた。

ただ、そういうのは日中にと思っていた。今のような夜の遅い時間に「彼氏です」等と言えば印象が悪くなりそうなので、なるべく避けたかった。

「挨拶は昼間のきちんとした時だ」

「お父さんもお母さんも、あたしがバイトで遅いのは知ってるし、夜は危ないから彼氏として送ってるだけって言えば大丈夫な気がするけど……や、でも、そういえばあたしまだ三代のこと言ってなかった」

「え？」

「ちゃんと言わなきゃなーっとは思ってたから、丁度いい機会なのかな。あたしも覚悟決めないとね。ずっと黙ったままだと、もしかすると美希《みき》が勝手に教えちゃうかもで、それは嫌だもん。ちょっと待ってて今呼んで――」

「――ま、待ってくれ！」

店の入り口の鍵を開けて中に入ろうとした志乃を、三代は慌てて抱きしめる。

「わわっ、な、なに？」

「今は駄目だ。昼間がいいんだ」

「折角きたのに……？」

「……俺は夜じゃなくて昼間がいいんだ」

三代は普段あまり我が侭《わまま》を言わず、それは志乃も当然知っていることだ。

だからこそ、三代が我が侭を言った背景――実は心の準備にまだ時間が必要――にすぐに気づいてくれた。

「……しょーがないなぁ。わかった」

志乃は少し残念そうだったが、それでも、三代のお願いを聞いてくれた。ただ「その我が侭を聞く代わりに一つお願いを聞いて」と交換条件を出してきた。

「今日もちゃんと〝お別れのちゅー〟してね？」

「えっ……いや志乃の家の前では……」

「して」

瞼《まぶた》を閉じて顎を上げる志乃に、三代は戸惑った。キス自体には何らの抵抗もないが、場所が場所だ。

偶然にも志乃の両親が外に出てきて、「一体これはどういうことだ？」となる可能性がチラついた。

だが、志乃の気持ちも三代には分かる。

いつもしているお別れのちゅーだけは絶対にして欲しいし、それを多少の危険を理由にお預けにするのだけは嫌だ、と志乃は言っている。

志乃からすれば、大事なちゅーができないというのは耐えられないのだ。

だから、色々と悩ましくはあったが、最終的に三代は志乃の希望通りに唇を重ねた。

「……」

「ん……」

普段は〝キスはお互いが満足するまで〟という暗黙の了解があるが、今は緊張と不安がとても強いこともあり、三代はすぐに志乃から離れた。

無言の掟《おきて》を破られたことが不満らしく、志乃はムッとした。

だが、

「なんか短くない？」

「……意地悪を言わないでくれ」

三代が困り顔で目を逸《そ》らすと、志乃もそれ以上の追求はできないと悟ったのか、文句を言うのを諦めてくれた。

「今のはちょっとあたしの方がワガママだったかな。ごめん。……気をつけて帰ってね」

小さく手を振って店の入り口から中に入っていく志乃を、三代は頬を掻《か》きながら見送った。

と、その時だ。

志乃の家の二階から笑い声が聞こえてきた。三代が反射的に見上げると、こちらを見て爆笑している女の子がいた。

志乃の妹の美希だ。

どうにも小癪《こしゃく》な性格をしている女の子であり、何かにつけて面白がるような、癖のある性格の子だ。

面識がある仲なので、美希がどうして笑っているのか三代には分かった。

理由は——特にないのだ。

三代がこの場にいるのがなんとなく面白いから、それで笑っているのである。美希はそういう子だ。

ふと、美希と目が合った。美希は小さく手を振ってきた。

——ただいまー。

——ん？　志乃か。

——やだ、お父さんゴロゴロしてないでよ、みっともない。ちょっとお母さんもなんとか言ってよ。

——……諦めなさい。

——もぉ……なんか上から美希の笑い声もするし……時間も遅いし大人しく寝なさいっての……あれ、降りてきた？

——おねえちゃんおかえり。

——ただいま……って、そうじゃなくて早く寝なよ。

——そろそろ寝るつもりしてたよ。

——ならよし。……ところで、なんで笑ってたの？　テレビでも見てた？

——テレビ見てないよ。なんでもないよ。それにしても、中々におもしろいことになってそうだなーって美希はおもったよ。

——どういう意味？　まぁいいや、あたしはお風呂《ふろ》に入って早く寝る。

一家団欒《だんらん》の会話が漏れて聞こえてくる。なんだか楽しそうで、三代は少しだけ羨ましく感じた。

三代の両親は仕事の都合もあり、家を空けている。それは三代がとても小さい頃からそうだった。

傍《そば》にいてくれる時もあったが、大体、一年のうちの半分は姿を見なかった。たまに親の知り合いが面倒を見てくれたが、よく知らない大人が三代は怖くて、懐《なつ》かずに距離を取っていた。

五歳か六歳の頃に両親に連れられて海外に住んだ時も、言葉が通じなくて心細かったのだが、その時も両親は仕事に忙しく傍にはいなかった。

思い返してみれば、こうした経験のせいで普通の子が家庭で学ぶことを学べず、これこそがコミュ障ぼっちになった直接の原因とも言える。

今でこそ三代は自分を受け入れているが、自分が人間として重大な欠陥を抱えている気がして、友達がいなくてコミュ力がないことを恥ずかしく感じた時期もあった。

「ま、過ぎさった過去をあれこれ思い出しても、疲れるだけだ。なるべく忘れるようにしないとな」

十二月も目前の季節の夜風は冷たく、口から漏れ出る息も白さが際立《きわだ》っていた。

3

翌日も、そのまた翌日も同じような日々が過ぎた。送り迎えの時間も使用し、一秒の無駄もなく三代は志乃に勉強を教え続けた。

ここまでやっても赤点回避に辿《たど》り着けるかは微妙、というのが三代の所感であるが、教えられるだけ教えるだけだ。

「期末の数学の範囲は微分積分に集中しているが、積分は捨てる。やるのは微分だ。微分は機械的な計算で答えが出るからな。理解しなくていいんだ。とにかく問題を解いて慣れれば点は取れる」

「う」

「英語はリスニングを捨てる。今から耳を慣らすのは不可能だ。長文読解に全てを注ぐからな。長文は文章量に惑わされそうになるが、答えは問題文に既に書いてあるケースが多く、ある意味で一番楽なのが英語だ。問いの意図さえ分かればどうにでもなる」

「り、りょ」

「他の教科は……ほとんど暗記だ。単語帳や単語アプリを駆使して覚えるのみだな」

「……」

情報量が多くキッキツであるせいか、いつの間にか、志乃の瞳から生気が消えていた。

彼女のこんな顔など彼氏として三代も見たくなかったが、赤点回避の目標の為《ため》に心を鬼にした。

誰だって嫌われるようなことはしたくないものだ。だが、そこに愛があればこそ、厳しくもなれるのだ。

時間は瞬《また》く間《ま》に過ぎて、期末テストの日が訪れた。

「——期末テストを始める。改めて言うことでもないが、カンニングの類は禁止だ。さぁ答案用紙と問題用紙を後ろに回せ」

担任教師の中岡《なかおか》は、最前列の生徒の机に用紙の束を投げるように置くと、溜《た》め息混《いき》じりに教壇の椅子に座る。

テスト中は授業もなく、生徒の監視しかすることがないせいか、中岡はどこからか持ってきた孫の手で背中を掻いて欠伸《あくび》をしていた。

——はぁ……テスト始まっちゃったよ。

——期末対策しようしようと思ってたのに、何もしないまま今日になっちゃった。

——諸君、私語は慎みたまえ！　テストは静かに受けるものだぞ！

——委員長が一番うるさいぞ。ほら、大声出すから中岡が起きたじゃん。寝かせおいてやれよ。

——ぬ、ぬぅ……ボクは正しいことを言っているだけなのだが……。

——帰りたいです。

——補習が始まるの冬休みのいつからなんだろう。初日だったら嫌だな。クリスマスイブだし。

教室のそこかしこから聞こえてくる呟《つぶや》きをスルーしつつ、三代は前の席から回ってきた用紙を後ろの席の志乃に渡して——ぎょっとした。

最後のラストスパートとして、昨日は一番厳しく勉強を教えたのだが、そのせいで志乃の目が血走っていた。

「だ、大丈夫か……？」

「うん？　だいじょうぶだけど？」

志乃は今日の為に頑張っていたし、勉強を教えてきた三代が誰よりもそれを知っている。少しスパルタ過ぎたことは反省しているが、しかし、それも志乃の赤点を回避したいというお願いを叶《かな》える為だ。

「……頑張れ」

三代がそう伝えて頭を軽く撫《な》でると、志乃はいくらか元気を取り戻したようで、鬼気迫る表情が少し柔らかくなった。

4

筆記と時計の針が進む音が教室内に響きわたる。特に問題が発生することもなくテストは進み、現代文が終わり、英語が終わり、数学が終わった。

テスト問題は三代が志乃に教えた個所《かしょ》も多く出ていた。これなら志乃も赤点をどうにか回避できそうな感じだ。

三代はホッと胸を撫でおろしながら、自分もテストに集中することにした。

高校の範囲を既に終えている三代にとって、何も難しくはないテストだ。間違いなくほぼ満点を取れる。

だが、三代はあえて何問か間違えたり、あるいは空欄のままにした。わざと点数を下げるこの行動にはきちんとした理由がある。

三代は以前、クラス委員長の四楓院《しほういん》と女子生徒の高砂《たかさご》のとある会話を耳にしたのだが、それが理由だ。

委員長が一位を取ると、小動物系女子の高砂との仲が深まる展開に発展しそうな会話だった。

三代は入学以来学年一位を取り続けていたが、順位に固執するつもりはなく、譲ることで誰かの人生が上手《うま》く行くのであれば気にせず譲る性格である。

ついでに、平均点が下がれば赤点ラインも下がって志乃が楽できるから、というのもある。

まぁ赤点は平均点によって変動するので、三代一人の影響は微々たるものであり、あくまで結果は志乃の頑張り次第ではあるが……。

ともあれ、二日間に及ぶ期末テストは、あっという間に終わった。

最後の科目の答案用紙が回収されてから三代は振り返る。すると、志乃が机に突っ伏して脱力していた。

「テスト終わった～」

「終わったな。それで手応えは？」

「……結構できた気がする。ってゆうか、テスト問題が三代が教えてくれた場所ばっかりでちょっと驚いてる」

「なんとなく先生たちの傾向はわかるからな。ただ、それがわかっていても間に合うか微妙なラインだった。だから、かなり詰めて教えた。……それにしても、俺が教えた場所ばかり出て驚いてるって、普段の俺が適当なこと言っているみたいにも聞こえるな」

「わりと言うじゃん？」

「そんなこと……いや、確かに適当なことを言う時もあるな。それは認める。だが、それは言っても問題ない時だけだ。真面目な時は真面目にやる」

「そーゆうとこ、ほんと好き」

テストで感じた手応えに志乃は機嫌をよくしているらしく、ニコニコだ。

「結果出るまで赤点ちゃんと回避できてるかわかんないけど、でも、今までで一番できた感じする～」

「……そういえば、なんで赤点を回避したかったんだ？　別に赤点取ったから即留年ってわけでもないし、補習受ければそれで済むんだ。補習まで難解で篩《ふるい》にかけてくる進学校でもないからな」

ふと思ったことを三代が訊《き》くと、志乃は欠伸をしながら、

「補習は冬休み初日から始まるから、それが嫌で赤点回避したかっただけだよ？」

「冬休み初日から補習なのが嫌って、どうして？」

「冬休みの初日が24日だから」

「あっ……そういうことか！」

「よーやく気づいた？」

なぜ志乃は赤点を避けたがったのか？　三代は今さらになって、その理由に気づくことになった。

24日はクリスマスイブだ。そして、その日は『二人きりでいようね』と約束していた日でもあった。

赤点を取って補習になれば、その約束を反故《ほご》にすることになる。志乃はそれが嫌だったのだ。

「……補習は日中だけだろうし、仮に志乃が赤点でも、夕方から夜にかけては一緒にいられる。仮にそうなっても俺は気にしなかったぞ」

「三代が気にしなくてもあたしが気にする。それに、補習は三日四日続くから、そうなったらバイトのシフトにも影響出るしさ。色々なとこに迷惑かかるじゃん」

「志乃は意外と真面目だよな。前に妹の美希ちゃんと一緒にマンションにきた時も、周りに迷惑をかけるな的な怒り方してたよな？」

「あれは美希が悪いだけだから」

「美希ちゃんも悪気があったわけではないと思うが……」

「美希の肩持つの？」

「そ、そういう話じゃなくてだな」

「冗談冗談。ふふっ」

冗談——志乃はそう言うが、本当に冗談なのか判別が難しい一言だ。世の中には真に受けていい言葉と悪い言葉がある。

姉としての責任感もあるからか、志乃は美希に厳しくあたることが多く、三代も実際に見て知っている。

以前に肩を持とうとした時に、たしなめられたことがあった。

そういった過去を踏まえると、今の一言については、そのまま受け取らないほうがよい気が三代にはしていた。『そうか。まぁ妹なんだし、美希ちゃんには優しくな』等と言ってはいけない場面なのだ。

自分の気持ちをハッキリ言うことが多い志乃だが、それでも時々こうした〝あたしの心を察してね〟状態になる。

世間一般的に、志乃は面倒くさい女の子に分類されるのだろうが、そんな部分も三代には可愛《かわい》く見えていた。

まぁそんなことはさておき、期末テストの結果が出るのは数日後であり、あとは待つばかりだ。

ぐったり脱力しきっている志乃のように、三代もダラけたくなる。だが……そうもいかない事情が差し迫っていた。

初めてのアルバイトが始まる。

だがまぁ、三代は意外と神経が図太い方なので、『なるようにしかならない』と肩ひじ張らずに淡々とこなすつもりでもある。

5

アルバイト初日がやってきた。

いつも通りに戻った志乃との学校生活を過ごしていると、すぐに放課後になった。

いよいよである。

「さて、今日からか」

「今日から？　あっ、そっか、アルバイト？　がんば」

「無理する仕事でもないし、そんなに頑張るつもりはないな。ただの掃除だ」

「『頑張る！』って感じの気持ちゼロ？」

「俺が満面の笑みで白い歯を見せて『頑張る！』って言ったところ、想像してみるといい」

「……気持ち悪いね」

「な？　まぁ応援してくれる気持ちは嬉《うれ》しいし、俺なりに頑張るよ」

「雰囲気ゆるゆる～」

「変に力を入れるより、ゆるい方がよくないか？　気を張り過ぎてる人を見ると、逆に

『大丈夫か？』って不安にならないか？」

「うーん……それは確かになるかも」

「そういうことだ。……志乃の方もバイトの時間そろそろじゃないか？」

「あっ、本当だ。それじゃーまた後で」

三代が時間を指摘すると志乃は慌てて駆けだした。

志乃の後ろ姿を見送ってから、三代もアルバイト先の水族館へと向かった。足取りは軽くもなく重くもなく普通だ。

十数分も歩くと水族館が見えてきた。

オープン初日ということもあってか、平日だと言うのに、そこそこの行列ができるくらいに賑《にぎ》わっているのが遠目にもわかった。

「水族館って意外と人がくるんだな」

閑古鳥が鳴いている、なんてことはさすがにないと思っていたが、かといって行列ができているのも予想外だった。

「……平日なんだけどな」

世の中は学校とは違うスケジュールで動いている人も多く、平日が休みというケースも三代が考えている以上に多いものだ。

できた行列を横目に見つつ、三代は裏口にある従業員室の出入り口から中に入った。すると、沢山のスタッフが慌ただしくしていた。

「そこ従業員用の出入り口なので、お客さまは表の入場口から……」

「清掃スタッフの藤原《ふじわら》三代です。よろしくお願いします」

「清掃スタッフ……さっき一人きてたような……あーそういえば、清掃スタッフは二人一組なんだったか。副館長がそんな話してたな。それじゃあ藤原くん、取りあえずもう一人の清掃スタッフの子もきてたから、着替えて一緒に仕事始めちゃって」

すぐに仕事に入ってほしいそうなので、三代はタイムカードを押して、そそくさと着替えて清掃道具の準備を始める。

するとと、どこからともなく、清掃スタッフ用の作業着姿のハジメがひょこりと現れた。

「やーやー藤原くん」

「お、佐伯《さえき》か。久しぶりだな」

「前に会ってからまだ一ヶ月も経《た》ってないし、そんなに久しぶりじゃない気が僕的にはするけど……。前にも似たようなこと言ってなかった？　藤原くん時間の感覚バグってないかな？」

「そんなことはない。俺的には久しぶりって感じなんだ」

「ポジティブに考えるなら、僕と会うのが待ち遠しくて一秒一秒を長く感じてたとか？」

「いや、最近ちょっと忙しかったせいで、少し前のことが遠い昔のように感じていたんだ」

「……忙しかった？　なにかあったの？」

「期末テスト対策の勉強を志乃に教えてたんだ」

「志乃って……えーと……あー結崎さんね、結崎志乃さん。そういえば言ってたね、彼女だって」

「そうそう」

世間話を挟みながら、前に研修で教えて貰《もら》った通りに仕事をこなした。まだ日が明るいうちに外のゴミ拾い、それが終わったら次に館内の諸々《もろもろ》の清掃だ。

「想像していた以上に客がくるんだな。今日は平日なのにな」

「まぁ平日でも休みの人ってそれなりにいるし、あと新規オープンだから一度見ておこうって人も多いのかもね」

「平日休み……か。そういや、平日休みの仕事って、バイトならともかく正社員の場合は不人気だったりするか？」

「え？」

「このバイト見つける前に色々と求人を見たが、土日休みをやたら目玉にする正社員の求人も結構見た。やっぱりそういうのが人気なのか？」

「……イベントとか土日開催が多いし、アクティブに遊びたい人が多数派だろうから、土日休みは人気あるんじゃない？」

「なるほど」

「ただ、逆に平日休みの方がいいって人もいると思うけどね。僕のパパとかママも、平日休みの方が役所とか銀行に行きやすくていい、って言ってた」

「ん？　自分の親のことパパとかママって言ってるのか？」

「おかしい？」

「なんというか……女の子みたいだなと思った。まぁ単に俺がそう感じるってだけで、前に言ったと思うが俺はコミュ障のぼっちだ。世間とは感覚がズレていることもある。許してくれ」

ハジメは男の子だ、と聞いている。見た目や声、仕草がもはや完璧に女の子にしか見えないが男の子だと。

いわゆる〝男の娘〟というやつだろうか。

女の子として認識すれば違和感がないが、きちんと男の子として見ると、ちょくちょく引っかかりを覚える時もある。

そんな感じだ。

「藤原くんのそういう自分を卑下する発言は、なんだか敵を作りそうだね」

「敵を作る？　どうして？」

「美少女の彼女がいるのに『俺はコミュ障のぼっちだ』って性格悪いな〜って思っちゃう人多いと思うよ？　僕は藤原くんがどういう男の子か知ってるから、はいはいって流せるけど」

「俺は――」

「――『本当にコミュ障でぼっちだから、事実を言っているだけだ』かな？」

「それだ。本当のことだから、誤解とかされないようにそのままを言っているだけなんだ」

「うんうん。でも、それを分かってくれるのは、僕みたいに藤原くんのことちゃんと理解してる人だけって話」

たとえ事実だけを述べた言葉であっても、受け取り方は人それぞれだ。

それは正論であるし、三代も少し考えるべき点である。

関わりの薄い人間が自分をどう見ているのか、というのを三代はあまり気にしない方だが……一方で、そんな自分が健全ではない、という自覚を三代は持っていた。

だから、ハジメの指摘を素直に受け取ることにした。

「そっか……そうだよな。ありがとう」

「ありがとう？」

「俺は常識とか、そういうのがよくわからないこともある。だから、教えてくれてありがとう」

鼻の頭を掻《か》きながら三代は感謝を述べると、ハジメは目を丸くして、それからすぐに笑いだした。

「ふふっ、あははは」

「な、なんで笑うんだよ。お礼を言っただけだぞ」

ハジメは三代のことをからかっている……のだろうか？

わからない。

だが、ハジメも摑《つか》みどころがない男の娘であるので、その心の内を三代が知るのは不可能だ。

そんなこんなしているうちに、アルバイト初日は何の滞りもなく終わりを迎えた。あとはタイムカードを押して着替えるだけとなった。

三代がハジメと一緒に事務所に入ると、それとほぼ同時に、もう一つある入り口からラバースーツ姿の小牧がやってきた。

「寒い寒い……」

小牧は唇を震わせながら、目にも止まらぬ速さでエアコンのリモコンを掴むと、温度を一気に上げた。

「早くあったかくなぁれ。……あれ、藤原くんに佐伯くん？　そっか二人はもう上がりの時間か」

「その恰好《かっこう》は？」

「これ？　今日は初日だから、イルカショーを予定より少し長めにやろうと思って、急《きゅう》遽《きょ》予定を変更したの。そしたら体が思った以上に冷えちゃって。私も水の中入ってやるショーだからさ」

どうやら、ショーの演出か何かで自分自身も水の中に入り、それが長引いてしまったようだ。

無理を押したようだが、小牧は副館長なのだから、そういう立ち回りをする立場ではない気がするのだが……。

万が一にも体調を崩せば、影響が色々なところに出るので、大事にならないようにするのが仕事ではないのだろうか？

いや、逆かもしれない。

それなりの立場だからこそ、率先して頑張る姿を従業員たちに見せようとした、という可能性もある。

「段々あったかくなってきた……けど……まだ寒い」

徐々に室内の温度が上がっているが、まだ体の芯が冷えたままなのか、小牧は震えながら両腕を擦っていた。

三代はタイムカードをさくっと押しつつ、館内に設置されている自販機で温かいお茶のペットボトルを一本買って小牧に渡した。

「どうぞ」

「お茶？　くれるの？」

「はい」

「ありがとぉ……」

「……あんまり無理をしない方がいいのでは？」

「それはわかってるけど、私は副館長だから、無理してるとこも見せないと『何もしないくせに偉そうにしやがって！』とか言われるかも？」

小牧は頬を掻いて苦笑する。立場があるからこそ頑張る姿をあえて従業員に見せていた、というのが正解のようだ。

「色々あるんですね」

「ま、藤原くんにもわかる時がくるよ。うん」

「わからないまま一生を過ごしそうな気がしますけど……自分が立場のある人間になる未来は想像がつきませんし」

「彼女いるんでしょ？　この前の研修の時に写真見せてくれたよね？　すっごい可愛《かわい》い子」

「えっと、はい」

「何の問題もなくその子と交際が続けば、大人になって結婚とかそういう話になる可能性もあるわけだ。なら頑張って偉い男にならないとね」

「結婚するとして、その時に俺が偉い男になる必要ってあるんですかね……？」

「まぁ偉い男じゃなくてもいいんだけど……頑張った結果として、こう分かりやすい指標というか……うーん……伝えたいのは頑張っている姿を見せるべきだと思うって話で……」

私の語彙力の低さが恨めしいなぁ。理系ではなく文系の大学に行くべきだった」

なんとなくだが、小牧が伝えたいことは三代にも分かった。要するに、彼女の為《ため》に頑張ることを忘れるな、という話なのだ。

偉い人がどうこうは、小牧個人がパッと思いついた『仕事を頑張った成果』がそれだった、というだけだ。

「言いたいことは分かりました」

「本当？」

「なんとなくですけどね。……俺はこのあと彼女の迎えに行かないといけないので、そろそろ失礼します」

「迎えか……私もお迎えにきてくれる彼氏欲しいな」

長話をして志乃の迎えに遅れるのは避けたいので、キリのいいところで三代は話を切り上げた。

すると、一部始終を隣で眺めていたハジメが、

「藤原くん、わりと女性の扱い上手だよね？」

今度は一体何の冗談なのか、そんなことを言いだした。

「どこをどうしたらそう見えるんだ？　俺はむしろ女性が苦手だ。ホストみたいに褒めまくったりとかもできないしな」

「褒めるだけが扱い上手じゃないんだけど……」

「何を言いたいのかよくわからないな」

「気にしなくていいよ。うん」

ハジメの発言の真意がどういったものなのか、三代には見当もつかなかった。ただ、気にしなくていい、と言うのだから大したことではないのだ。

「そういえば、僕たちまだ作業着だし、お着替えしないとね。更衣室に一緒にいこー」

ハジメの話題の変え方が自然であったので、三代は思わず頷《うなず》きかける。だが、それが乗ってはいけない提案であることを思いだした。

ハジメと一緒に着替えると、その体を見てしまうことになる。それは、もう二度と取り返しがつかなくなる何かを知ってしまうことになる……気がする状況だ。

以前にも同じことを感じたことがあるが、三代はその時、一人でトイレで着替えた。

今回もそうするべきだ、と三代の本能が訴えている。パンドラの箱を開けてはならないと心の奥底が訴えているのだ。

「急に固まってどしたの？　具合悪いの？」

「そこそこ元気だ」

「じゃあ早く更衣室一緒にいこうよ」

「それは無理だ」

「え？」

「俺はトイレで着替える」

「……恥ずかしいのはわかるし、そういう主義みたいな話を前にされたのも覚えてるけど、でも、少しだけ勇気出そうって思わない？　一緒にお着替えしたらもっと仲よくなれる気がするしね」

「俺はそう簡単に主義を変えない男なんだ」

「ちょ──」

「──悪いな」

三代は着替えを掴むと、ハジメの反応を待たずにトイレに駆け込んだ。

ハジメは悪い人間ではないし、友達第一号に近い存在かもしれない、と内心では三代も認めている。

だが──それとこれとは話が別なのだ。

12月5日～12月10日 委員長は罪な男だね。

1

特に問題も起きず、三代《さんだい》の日々は良好だ。アルバイトを始めたことで、少しだけ慌ただしくはなっているが、それ以外はいつも通りだ。

期末テストが終わってからは、家の前まで志乃《しの》を送るのは控えた。

それを日常に組み込むのは、ご両親への挨拶をきちんと済ませてからだと三代は考えている。

今は少しずつ、挨拶へ向けて心の準備を済ませている最中だ。

そんなこんなで十二月に入って何日かが経過すると、期末テストの結果がようやく返ってきた。

志乃が赤点を回避できたかというと……なんとかギリギリ、全教科赤点を回避できていた。本人も嬉《うれ》しそうに満面の笑みだった。

「やったー！」

「頑張った成果だな」

なお、三代自身の結果はというと、全教科で九割以上の得点だ。

その気になれば全て満点を取れそうな気もしたが、委員長に学年一位を取らせるために点数を落としたので、これくらいの点数に落ち着いた。

個人情報の扱いが昨今は学校も厳しく、順位は個別に知らされるので、委員長が一位をきちんと取れたかは定《さだ》かでは——いや、当人が大喜びで周囲に暴露していたので、三代が無理に知ろうとせずとも定かとなった。

——うおおお、と、とうとう念願の一位！　ボクは成し遂げたのだ！

——委員長うっせぇな。ハイハイよかったネ。

——委員長みたいなのが平均点あげるから、赤点ラインも上がる。和をもって貴《とうと》しとなすの精神で点数落としてくれ。

——四楓院《しほういん》くんが一位……そういえば、四楓院くん誕生日も近いし、お誕生日おめでとうと一位おめでとうで何かプレゼントとかあげたいな……仲良くなりたいし……。

——今回の期末、何気に結崎《ゆいざき》が赤点回避してるんだよな。いつも全教科補習の常連なのに。藤原《ふじわら》勉強教えるの上手なんかね。

──志乃に裏切られた……補習も一緒のズッ友だと思ってたのに……。

──随一のお馬鹿ちゃんが赤点回避とか、ものすごく裏切られた感あるのわかる。

──補習が始まる冬休み初日が二十四日だし、志乃もさすがにその日は……ってことじゃない？　愛の力愛の力。


教室内では、ちらほらと赤点を取ってしまった者が目立っている。なんだか数が多いようだが……。

赤点は学年全体の平均点を基準にして決められているので、このクラスには成績が悪い生徒が多そうだ。

だが、このクラスには、三代や委員長といった学年最上位レベルの生徒もいる。

クラス全体の総合得点を割って平均を出したのならば、恐らくバランスの取れている数字が出る。

阿鼻《あび》叫喚《きょうかん》多めの生徒たちを横目に、担任の中岡《なかおか》が溜《た》め息《いき》を吐《つ》いた。そして、中岡はなぜか三代を見た。

「さて……テストの結果を返したところで、ちょっと呼び出しが必要な生徒が一人いる。

「藤原、放課後に職員室にこい」

「え……？」

突然名指しされ、三代はきょとんと目を丸くした。

「話がある」

一体なんの話ですか、と三代は訊《き》き返そうとするが、しかし、それよりも早く志乃が反応した。

「三代はあたしに勉強教えられるくらい頭いいし、成績悪くないし、変なこともしてないですけど……なんで呼び出しなんですか？」

「どうして藤原本人ではなく、お前が反応するんだ結崎……いや、それはいいか。まぁなんだ、別に怒る為に呼び出しているわけではない。安心しろ」

「じゃあここで話しすればいいんじゃないですか？」

志乃が中岡を睨《にら》みつけると同時に、教室に緊迫した空気が広がり、今まで騒いでいたクラスメイトたちが急に静かになった。

突然の志乃と中岡の一触即発に、三代も思わず固まった。

「ここではできない話だ。変な話ではない」

「変な話じゃないなら、ここで話せないとかおかしくないですか？」

「お前の彼氏をイジメたりもしない」

「じゃああたしもついてく」

「何を心配しているのかわからないが、職員室には他の先生もいる。お前が不安になるようなことは何も起きない。二者面談みたいなものだ」

二者面談、というどの生徒にも等しく起きうるワードが出てきたことで、不安が少し払《ふっ》拭《しょく》されたのか、志乃の勢いが徐々に弱まった。

「……二者面談的な？」

「そうだ。だから、そんな怖い顔をするな。……少しは落ちついたか？」

「別にあたしはそんなヒステリーじゃないもん」

「そうだな、結崎はちょっと不安になっただけだ。……人を好きになると、突拍子もない推測を立てて不安にもなる、それはそれで、感情という大事な人間らしさだ。ただ、あまり暴走させすぎるな。藤原は意外と図太いからなんとも思ってなさそうに見えるが、それもいつか変わるかもしれない」

「……そんなことないもん」

「そんな子どもの理屈は大人になれば通用――いや、今は別にいいか。とにかく納得してくれたようで何よりだ」

大事にはならず無事に事態は収まったようで、三代を含めその場にいた全員が一斉に息を吐いた。

緊張感溢《あふ》れる一幕だった。

万が一の場合、三代は志乃に助け船を出そうと考えていたが、しかし、一方で中岡が志乃をたしなめた気持ちも理解できてしまうから、三代は複雑な心境である。

中岡の指摘は正しいのだ。

大人になった時のことを考えれば、志乃自身どこかで少しは直さなければいけない部分を持っている。

とはいえ、それは志乃が自分自身で気づいて、そして直そうとしなければ何の意味もないことだ。

彼氏である三代にできるのは、志乃が気づけるように、陰から支えることだけだ。それ以上に踏み込んでしまうのは、単に押しつけがましいだけだと三代は考えている。

2

放課後。三代が職員室に向かうと、なんとも不機嫌そうにコーヒーを啜《すす》っている中岡がいた。

「ようやくきたか。まったく……狂犬みたいだな結崎は。ちゃんと首輪つけとけ」

「そういう倫理的道徳的に問題がある行為はちょっと……」

「本当にやれとは言ってない。比喩だ比喩」

「それで、俺に話ってなんですか？」

「……赤点常習の結崎に勉強教えて、赤点を回避させたろ？　勉強を教えるのは簡単そうに見えて難しい。中々できることではないし、成績が悪い生徒が赤点を取らなかったのは担任としても好ましい。よくやったと伝えようと思ってな。……まぁ一方でお前の成績が若干落ちてたのは気になるが、空欄だったり明らかに点数を落とそうとした痕跡があったな。どういう意図があるのかはしらんが、だが、それでも得点は平均九割超えだ。私から言うことも何もない」

「は、はぁ……要するに志乃に勉強教えたことについて『よくやった』と言いたかっただけってことですか？」

それだけのことで呼び出されるのは、なんだか釈然としない。三代は怪訝《けげん》に首を捻《ひね》る。

すると、中岡はコホンと咳払《せきばら》いをして、

「い、いや、今のはちょっとした前置きだな。本題はだな、その、私がアレがアレで、それで学際の後に送ったＳＭＳだが……」

中岡が全てを言い終える前に、三代は察した。中岡が自分を呼び出してしたかった話の本命は、忘却しようと決めたあの一件のことだ。

三代はあの時わかりやすくとぼけた。中岡に確実にこちら側のスタンスを伝えるためにだ。

しかし、それでも幾らかの不安を中岡は抱いているらしく、直接三代の反応を見て確かめたがっている。

「アレがアレ……なんのことですか？　学際については、途中でうちのクラスだけ出し物が中止になったのは覚えていますが、それ以外のことは記憶にありませんね」

三代が目を逸《そ》らしながら伝えると、中岡は安堵《あんど》と嬉々《きき》が入り混じったような、喩《たと》えるならやらかしたのに怒られずに済んだ時の小さな子どものような、そんな感じの屈託のない笑顔になった。

「大好きだぞ、お前みたいな空気の読める男。結崎から私に乗り換えるか？　私はまだ独身だからな」

「ちょっとそれは……」

「冗談だ冗談。生徒なんて……そもそも一回りも下の男は眼中にない。それに、結崎はかなり嫉妬深い方だろう。どう考えても面倒くさいことになるのがわかりきっている。火中の栗《くり》を拾う趣味はないからな。『この泥棒猫！』なんて叫びながら――ドスッ！　なんて事態になるのも避けたいしな。ははっ」

「いくら嫉妬深くても、志乃はそんなことしませんよ。人の彼女をなんだと思っているんですか」

三代は中岡の指摘を否定しながらも、「いや、ありえるかもしれない」という思いもあった。

志乃は勉強ができないし、直情的な性格だが、それでも常識的なところも多く持っている。だが、嫉妬が絡《から》む場合については、一歩間違えば制御できなくなるのではないかと感じる行動を取る。

先ほど、中岡に食ってかかったように。

「ま、若いと色々と感情の機微も激しくなる。結崎は特にそういう傾向がある。お前のように先回りして気を使える男にしか彼氏は務まらんな」

「そんなに気を使える男じゃないですよ、俺は。ただ、志乃に喜んで貰《もら》えると俺も嬉《うれ》しくなるから一生懸命なだけで」

「なるほどな。それで、結崎の男嫌いを少しは緩和させてやれそうか？」

「それについては……時間かかると思います。トラウマになる過去も抱えているようなので。本人が話してくれましたが、過去に水泳の授業で意外と大きい胸を男子に見られて気分悪かったみたいなこと言ってました。ただでさえ可愛《かわい》いので、余計に目立ったと思いますし、俺が考えている以上に心に傷を負っていそうです。本人の負担にならないように、というのを考えると今すぐは無理ですね」

「……根気が必要な方法を選ぶか。優しい寄り添い方だな。お前らしいといえばお前らしいとは思うが。なんだか結崎が少し羨ましくなるな。私もそれくらい優しい伴侶と巡りあいたいものだ。わりと結婚願望がある方だからな、私は」

「意外ですね。恋人とか結婚とか、そういうので自分の時間が削られるのを嫌だと思うタイプなのかと思ってました」

「こう見えて私は結構な寂しがりやでな。よい人がいればいいんだが、中々見つからずにもうアラサーだ」

中岡は志乃ほどではないが容姿が整っている方であるし、性格も説教くさいところはあるが決して悪くないのだが……。

理想が高いのか、単に出会いに恵まれなかったのか、それとも知られるとドン引きされるような特殊な趣味でも持っているのだろうか？

いずれにしても、年下からああだこうだと知った風な口を聞かれても中岡も面白くないハズなので、三代は差し障《さわ》りのない誉《ほ》め言葉を送った。

「……周りの男に見る目がなかったんでしょうね。先生みたいな素敵な女性をスルーするなんて酷《ひど》い話です」

「棒読み過ぎて心に響かんのだが、励まそうとしてくれているのは、まぁなんだ〝ありがとう〟」

中岡が乾いた笑みを浮かべると同時に、窓から差し込む陽の光が少しだけ強まる。そこで、三代は中岡の目の下にあるほんのりとしたチークの赤みに気づいた。

粗雑な印象もあり、中岡は化粧などしていないのかと思ったが、よく見ないとわからないくらい自然な薄化粧をしているようだ。

日頃からもっと可愛くなろうと努力する志乃をよく見ている三代には、それが化粧上手のなせるワザ、というのがわかった。

そして、同時に中岡の弱点にも気づいた。

「こんなこと言うのもなんですけど、中岡先生は薄化粧が上手なようですけど、それだと疲れてる時とか弱ってる時とかに、男の人に気づいて貰えないことが多いんじゃないでしょうか」

「……なんだ急に」

「思ったこと言ってるだけなので、気にしないで貰えると助かります。ただ、女性が弱ってる時とか、疲れてる時に庇護《ひご》欲を刺激される男性が多い……気がするので、先生も弱っている時は隠さず顔に出しちゃっても――」

なるべく気を使った言い方をしたつもりだったのだが、やはり年下の三代から指摘されるのは中岡としても面白くないらしく、ムムッと柳眉《りゅうび》を逆立てた。

「――そんなことくらい言われなくても分かっている。だが、私はそういうのが苦手なんだ。だから、私のそういう性格に気づいてくれる人が現れるのを待つだけだ！」

「よ、余計なこと言ってすみませんでした」

三代は慌てて頭を下げるが、中岡は明らかに機嫌を悪くしており、フンスと鼻息を荒くする。

人を怒らせた時の対処方法はいくつかあるが、その中でも穏便に済むのは、その場から離れることだ。人間という生き物は、一度怒りの状態になってしまうと、普段では気にしないようなことさえ逆鱗《げきりん》に変わってしまう場合がある。

「あの……それじゃ……俺はこれで失礼します」

三代はゆっくりと踵《きびす》を返すと、背中に突き刺さる中岡の睨《にら》みつけるような視線を浴びながら、そーっと職員室から出ようとした。

　すると、途中で中岡の睨むような視線が途絶えた。思わず三代は振り返る。呆《あき》れたような顔で苦笑する中岡と目が合った。

「……十年前と変わらんな。相変わらず愛想《あいそ》のない子だ。私のことも覚えていないときたものだ。まぁ私も年下になど興味がないし、どうでもよいがな」

　中岡は何か呟《つぶや》いていたが、下手に訊《き》き返してまた怒らせるのも嫌だ。怒られて喜ぶような趣味を三代は持っておらず、たまたま職員室に入ってきた養護教諭に会釈《えしゃく》をしながら、そのまま廊下に出た。

――今の子って確か中岡先生の……って、あれ？　中岡先生、どうしたんです変な顔してますけど。

――お、おん？　なんだ急に……というか、保健室空けていいのか？

――ちょっと書類を取りにきたんです～。それにもう放課後ですし、今日は体調悪い生徒が一人もこなかったですし、ちょっと抜けるくらい大丈夫ですよ。

――……そうか。

――そんなことより、本当に変な顔してどうしたんです？

——いつもこんな顔だろ私は。

——そんなことないですよ。中岡先生……気になる人でもできました？　あ、わかりました！　数学の竹林《たけばやし》先生！　結構イケメンですしおすし。

——冗談もほどほどにしないと怒るぞ？

——ひぇ〜さっさと書類持って帰りますぅ〜。


三代は廊下に出てすぐに、自分のことを待ってくれている志乃を見つけた。

バイトもあるのだからもう校内にはいないと思っていたのだが、呼び出しを食らった三代のことが気になっていたようだ。

「……なに話ししてたの？」

志乃のことを話していた、なんて本当のことは言えないので、三代は適当に誤魔化すことにした。

時には嘘《うそ》をつく方がよい時もある。

「なにって、アレだ、説教みたいな感じだな。呼び出しなんて大体そんな話だ」

「……先生うそつき。三代のことイジメないっていってたのに、説教するなんて」

「まぁ俺も授業を右から左に聞き流していることがあるからな。たまたま目についたのかもな。それよりバイトの時間大丈夫か？」

「時間……やばっ……ギリギリ！」

「急ぐか。俺もバイトの時間だ」

「うん！」

二人揃《そろ》って急ぎ足で昇降口を抜ける。校門も抜け、そして、大通りに出て分かれ道に差しかかったところで、志乃が「あっ」と声を上げて立ち止まった。

「どうした？」

「言うの忘れてたことあった。三代のこと待ってた間に、ちょっと高砂《たかさご》ちゃんに話しかけられて、色々相談されたんだけど……あとで詳しく話すけど、三代にも協力して貰いたいことが……」

「協力？　俺にできることなら別に構わないが……」

「ありがと！　忘れないでね！　じゃーまたあとで！」

小動物にも似た女の子の高砂とギャルである志乃は、傍《はた》から見れば関わることのない属性同士だ。

だが、学際でのお菓子作りの一件を経てから、多少は気心が知れる仲になったのか、相談なんて話も出る距離感になったようだ。

三代にちょっかいをかけようとしない限り、志乃は同性に優しいので、高砂も相談をしやすかったというのもあるのだろうが……。

(それにしても、志乃に相談か。高砂が行動力を発揮する案件といえば……恐らく委員長関係だよな?)

高砂が委員長を好いていることを三代は知っている。だから、委員長関係だろう、と思ったし実際その通りだった。

3

自分のバイトが終わると同時に、三代は志乃の迎えに行くと、いつものように案内された席に座って出された彼氏特典の紅茶を啜《すす》った。

一息を吐《つ》き、そこでようやく、相席で目の前に高砂が座っていることに気づいた。高砂から相談を受けた、と志乃は言っていたが、どうやらここに呼んだようだ。

「ど、どうもです」

高砂は声をかけるタイミングを窺《うかが》っていたらしく、三代が自分に気づくと同時にぺこぺこと頭を下げて、それからおっかなびっくりに周囲を見回した。

「結崎さんのバイト先……と、とってもお洒落《しゃれ》なカフェです……藤原くんは全然動じてないですけど、慣れてるですか？」

「え？　あー……まぁ……多少はな。最初は場違い感を半端《はんぱ》なく感じていたが、毎日のように志乃の迎えにきているうちに慣れた」

「はぇぇ……毎日のようにお迎え……それは自主的にです？　それとも、結崎さんにお願いされて？」

「迎えは俺が自主的にやってることだな」

隠すことでもないので、三代は堂々と経緯を伝えた。すると、高砂は俯《うつむ》いてごにょごによと、

「そうやって大事にして貰《もら》えるの……羨ましいなぁ」

高砂のその呟きは、小鳥のさえずりかと思うくらいに小さかった。

「よく聞こえなかったんだが……何か言ったか？」

「へ？　あ、いえ別に……」

高砂はわたわたと両手を振ると、再び俯いた。それからは何かを呟くこともなく沈黙が流れた。

よくも悪くも、高砂は志乃とはまた違った意味で『女の子』だ。接し方に気をつけない

とすぐに傷つきそうなので、慎重に相手する必要がある。

「ところで高砂、なにやら志乃に相談をしたそうだな？」

「は、はい。結崎さんにちょっと相談して、そうしたら藤原くんにも協力して貰うとかで、それでその、折角だから早めに三人で話を詰めようって結崎さんが言ってくれて、えと、今ぐらいの時間に結崎さんバイト終わるみたいで、それで藤原くんがこのバイト先に迎えにくるから丁度いいからって……」

「そうか」

「……結崎さんから、どこまで聞きました？」

「どこまでも何も、あとで詳しく話すから、としか言われてないぞ」

「まだ何も……？」

「そうだ。ただ、なんとなく察しはつく」

三代が「委員長の件だろ」と言うと、高砂は唇をきゅっと結んで顔を真っ赤にして俯いた。

なんというか、高砂は俯いてばかりだ。

「ど、どうして……詳しく聞いてないなら、わからないはずですけどっ……！」

「なんとなくそうかなと」

「も、もしかして、日ごろから態度とかに出ちゃってましたか？」

「出てたな。学際の時なんかわかりやすいくらいだった」

「えぇ……そんな……」

「まぁ、何にしても詳しくは志乃がきてから聞く。相談を受けたのは志乃だし、志乃を抜きにして話を聞くのも違うしな」

三代が頬杖《ほおづえ》を突くと、そこで志乃がやってくる。志乃は三代と高砂の間の微妙な雰囲気を感じ取ったらしく、怪訝《けげん》そうに二人の顔を交互に見やった。

「バイト終わったよー……って、なにこの空気」

「内容聞く前に、なんとなく委員長の件だろうと思って聞いたら正解だった。そうしたら、高砂がこんな風になってしまった」

「もしかして、三代は高砂ちゃんが委員長のこと好きなの知ってたの？」

「学際の時に気づいた。わかりやすかったからな」

「あたし相談受けるまで全然わからなかったんだけど……」

「鈍感」

「まさか三代にそんなことを言われる日がくるなんて」

「俺は基本言われる側だからな。それで、相談の内容まではまだ聞いてないんだが、結局どういう話の流れで俺の協力が必要に?」

三代が訊くと、志乃は高砂を見る。

「……ごめんね。本当はあたしだけでどうにかできればいいんだろうけど、その、あたしは男の子にあんまり詳しくないから」

「えっ、お、男の子に詳しくないです?」

「うん。だって初めての彼氏が三代だしね」

「……意外です」

「そう?」

「経験豊富なのかと……」

「そんなことないよ。まぁとにかく、そういうわけだから、男の子の三代にも協力して貰おうって言ったの。あと、あたし委員長とはあんまり仲良くないんだよね。色々と」

志乃は委員長と地味に確執がある。

委員長が大げさな動きで三代に近づこうとした時に、前蹴りを食らわせ、その後も睨《にら》みつけたりしていたことがあった。

そういった過去を踏まえると、今回三代に協力を仰ぐといっても……少なくとも三代は委員長に近づけないわけだが……。

同性同士のちょっとした絡《から》みにまで嫉妬するのは、さすがに志乃のやり過ぎではと三代も思う時もあるが、それを指摘して簡単に受け入れるタイプではないのもわかっている。そんなことを言えば、むしろ火に油を注ぐ結果になり、余計に敵意を相手に――今回であれば委員長に――向ける。

中岡は三代くらいにしか志乃の彼氏は務まらない、と言っていたが、それはまさにその通りだ。

三代でなければ、今ごろ恐らく胃に穴が空いて病院のベッドの上だ。

志乃と恋人関係になりたい、という男の子は星の数ほどいるが、万が一に付きあえたとしても、こうした重い愛と向きあう度量がある者は限定的である。

「結崎さん、四楓院くんと仲良くないって、性格あわないですか？　四楓院くんは優しい人……なんですけどね」

「え？　あー……まぁその、委員長は性格いいヤツなんだと思うけど、ただ、ちょっと色々とあたしの逆鱗《げきりん》に触れたから」

「四楓院くん結崎さんに何かしたです？　あの、それなら代わりに私が謝ります！」

「別に高砂ちゃんは謝らなくていいよ～。行き違いがあっただけだから、委員長とは」

言外に『行き違いを正す気はないけど』という強い意思があるのを三代は感じ取ったが、

高砂は言葉通り素直に受け取ったらしく、胸を撫《な》でおろしていた。

「それならよかったです」

「うんうん。それで、相談の内容は確か、誕生日プレゼントを渡したいから委員長の好みを調べてほしい、だったよね？」

「はい！　四楓院くんの誕生日が十二月十五日なんですけど、その日に渡したいんです！　期末テストでも念願の学年一位を取ったらしくて、本当に嬉《うれ》しそうにしてたので、そのお祝いも兼ねて！」

「直接聞ければいいんだろうけど、あたしらが行っても、委員長はたぶん逃げるし、かといって三代もあまり近づけたくない。でも、人の情報を知る方法は直接聞くだけじゃないから！」

　志乃が妙なことを言い出した。三代は思わず聞き返した。

「情報を知る方法は直接聞くだけじゃない……？」

「探偵しよ」

「……探偵？　尾行するってことか？」

「うん」

「本気か？」

「本気」

「行動力の塊だな。というか、それ俺の協力必要か？」

「だって、あたしだけじゃ気づけないこともあるかもだし、男の子のこともよくわからないし、それに探偵は二人一組なこと多いじゃん」

要するに、なんとなくで三代も引き込んだ、というのが真相のようだ。

なんとも行き当たりばったりだが、ただ、志乃が深く考える方ではないのは三代も知っていることだ。

それに、志乃一人にやらせるのも、猪突猛進《ちょとつ》でやらかす心配がある。なので三代は「わかった」と応じた。

こうしてすんなりと志乃に合わせられるのは、三代だからこそである。高砂は困惑を隠せずにいるが、その反応が普通だ。

「えっ？　えっ？　尾行……？」

「志乃はやると決めたらやるタイプだ。諦めざるをえない理由があれば考え直すこともあるとは思うが、問題が起きない限りは確実に実行する」

「さすが三代。あたしのこと理解してくれてる！」

「理解するのは俺の義務だと思っているからな。それで、尾行するにも具体的にどうするんだ?」

「そだね……ってゆか、まず具体的にどうするかを決める前に、あたし的にはやっぱり『尾行する』って言い方が悪いことしてるみたいで嫌だから、『探偵する』って言い方にしようよ」

言葉を変えたところで、委員長のプライバシーを侵害しかねない行動を取ることに変わりはなく、世間一般的には『悪いこと』と見なされる事実は消せないのだが……。

まぁ、志乃がそうしたいと言うのであれば、三代は応じるだけだ。

「わかった。じゃあ、具体的にどう探偵する?」

「うーんとね……」

「わ、私は尾行とかはちょっと……」

相談者の高砂を置き去りにしつつ、三代と志乃はお互いにバイトが休みの日に決行することにして話を詰めていった。

4

尾行を実行する日がやってきた。

放課後になればいつもはバイトへ行く準備を始めるが、今日は志乃も三代も休みだ。慌てることもなく帰りの支度を済ませ、委員長の一挙手一投足を慎重に見定める。

ちなみに、話し合いの結果、尾行は三代と志乃の二人ですることになった。高砂はどうしても気後れしてしまうとのことで、尾行への参加を辞退した。

調査結果の報告を貰《もら》えればそれでいいそうだ。

――志乃って今日バイト休み？

――休みだけど、今日はやることあるからね。

――彼ピ藤原とデートでしょ。もう完全に優先順位が藤原だもんね。

――うん。

――はぁ～……彼ピ彼ピピ彼ピッピ～欲しいなぁ～。

――がんば。

――じゃーね。

志乃の友達たちが、気だるげに教室から出て行った。時間が経《た》つにつれて他のクラスメイトたちの姿も減り、気がつくとほとんどいなくなった。

だが、委員長はまだ教室にいた。

何やら読書に夢中なようで、自分の席に座って真剣な顔で本を眺めている。

「委員長、なに読んでるんだろうね？　文庫本？」

「学術文庫とか学芸文庫とか、そういうヤツだろうな多分」

「むつかしい本？」

「難しい本だな」

「そういうの読むと……テストの点数が上がる？」

「現代文とかの成績は上がるかもしれないな。……ん？」

委員長は時刻を確認すると、本を閉じて鞄《かばん》に仕舞い学校の外に出た。三代と志乃も後を追った。

「……家に帰るのかな？」

「時間を確認していたし、家に帰るというよりも、どこか行くところがあるって感じだな」

「どこ行くんだろ」

委員長は中指で眼鏡のブリッジをくいっと一度押し上げると、急に立ち止まり、振り返った。

――気のせいだろうか？　視線を感じるのだが……。

三代と志乃は慌てて物陰に隠れる。

「あぶなっ」

「急に振り返らないでよね、委員長」

委員長は「？」と首を傾《かし》げると、再び歩き出した。そして、駅近くのビルの中に入っていった。

ビルの表札プレートには、予備校の名前がずらりと並んでいた。有名どころから聞いたことがないような予備校まで色々だ。

「色々な予備校が入ってる雑居ビルだな」

「うわっ……あたし予備校とか絶対に通いたくない。だって、結構お金とかもかかるんだよね？」

勉強が苦手な志乃からすれば、自主的にお金を払ってまで勉学に勤《いそ》しむ行動は理解し難《がた》いものがあるようだ。

気持ちはわかる。

三代もライトノベルやアニメにお金をかけたい方で、勉強にそこまでお金はかけようとは思わないので、基本は自宅で自習というスタイルで今までやってきた。

だが、予備校のよいところも理解はしている。

「大学受験を見据えるなら予備校は役に立つからな。希望の大学の傾向と対策を教えて貰える。自分でそれをやろうとすると時間がかかる。短縮できるんだ」

「受験勉強……今のうちからやるもの？　あたしたちまだ二年なのに」

「行きたい大学にもよるが、有名なところ目指すとかってなると、中学のうちから準備している人もいるだろうな」

「あたし絶対無理……」

「まぁモチベーションを保つのも難しいからな。何かしらの動機や理由を持っている人間でもないと続かない」

「三代は何か目標とかあるの？　かなり勉強できる方だよね？　あたしが赤点回避できるくらい教えるの上手だったし」

確かに三代は勉強ができる方だ。

だが、勉強が好きだったり、何か強い動機があって打ち込んだというわけでもなく、単なる暇つぶしである。

「俺はぼっちで時間だけはあったからな。他にすることもなくて、それで勉強をずっとしていただけだ」

「なるほどね。でも、言われてみれば、三代はかなりフラットで『これがやりたいことなんだ！』みたいな感じないもんね」

「そうだな。それより、ずっとビルの前に立ってるわけにもいかないし、あそこのファーストフード店にでも入るか。窓際《まどぎわ》の席からならこのビルの入り口も見える」

「りょ」

三代と志乃はファーストフード店に入ると、窓際の席の空いている場所を陣取った。ここから予備校ビルの入り口を監視して、委員長が出てくるのを待った。

だが、数時間が経過しても委員長は出てこなかった。

気がつくと二十時を回っていた。

委員長は、選択科目が多いか、もしくはかなり本格的なコースを選んでいるのかもしれない。本人から聞いたことはないが、目標みたいなものも持っていそうではあるし、勉強に対するモチベーションが高いのも普段の言動からわかる。

三代は『どうしてうちの学校にお前みたいな頭のいいやつが』と中岡に言われたことがあるが、それは委員長にも当てはまりそうだ。

少なくとも、三代に迫る学力の時点で、今センター試験を受けても七割か八割は取れるということだ。

「委員長ぜんぜん出てこない……予備校ってこんなに長く勉強するの？　ほとんど学校じゃん」

長丁場になったことで、志乃のイライラがだいぶ溜《た》まっているらしく、顔に出始めている。

少し、気分がよくなる話題を出した方がよさそうだ。

「……そういえば、勉強頑張ったらご褒美《ほうび》を出すって俺が言ったの覚えているか？　今のうちに一緒に選ぶか。時間の有効活用だ」

「覚えてるよ～！　そだね、今のうちに考えよ！」

一緒にスマホで検索しながら「これはどうか」「こういうのはどうか」と話していると、志乃の機嫌がよくなってきた。

こういう単純なところが志乃は可愛《かわい》いのだ。

だから、少し甘やかしたくなり、志乃がたった今ぽつりと呟《つぶや》いた「温泉行きたいなぁ」という願望を叶《かな》えてあげたくなってしまった。

気づいたら、空いていそうな温泉宿に勢いで電話をかけていた。

——お電話ありがとうございます。〇〇旅館でございます。

「宿泊予約の電話ですが……」

——かしこまりました。それでは、ご希望の日程をお伺い致します。

「12月の24日以降で空いている日はありますか？　女性一名、男性一名で二名です。一泊」

——31日以外であれば、ご希望通りにお部屋をお取りできますが……。

「そうなんですね。あの、ちなみにお値段とか……日によって違ったりしますか？」

——12月29日から翌年1月5日まで、特別割増料金でのご案内となります。それ以外の日程の場合は、日曜日と祝祭日が割増料金でのご案内となり、平日であれば通常料金でのご案内となります。

「えーと……どうしようかな……28日くらいは……？」

——28日は平日になりますので、通常料金でのご案内になります。いかがなさいますか？

「あっ、そうなんですね。では、28日でお願いします。女性一名、男性一名の二名で一部屋、一番安いところでお願いします」

——かしこまりました。それではお名前をお伺い致します。

「藤原です。藤原三代です」

——ありがとうございます。それではご確認の復唱失礼致します。女性一名さま男性一名さまの二名さま、お部屋は二名一室、一番安価をご希望とのことで和室六畳のお部屋をご用意させていただきます。お食事はご朝食のみとなります。日程は28日にご一泊、ご予約者さまは藤原三代さま。お間違えございませんでしょうか？

「は、はい。お願いします」

——ありがとうございます。○○旅館、フロントの××が承りました。それでは、当日のご来館お待ちしております。

三代が冷静さを取り戻したのは、通話を終えて、志乃が少し申し訳なさそうな顔をしたのを見てからだ。

「本当にいいの……？」

今の三代の正直な気持ちを吐露してよいのなら、『勢いでお泊まりを決めてしまった。どうしようか』である。

だが、予約してすぐに『やっぱりキャンセルで』という連絡もし辛《づら》かった。それに、少しばかりの見栄（みえ）もあった。

「大丈夫だ」

後退の二文字はない、と三代は自分を鼓舞した。そして、この勢いに乗って、宙ぶらりんにしていた問題についても腹を括《くく》ることにした。

「さすがに、泊まりに行くのにご両親にご挨拶をしないまま、というのも凄《すご》く不誠実だと俺は思う。だから、温泉に行く前に志乃のご両親に挨拶する」

「えっと……それはいいけど……なんか、急に覚悟ガン決まりみたいになってるけど、三代なにかこう思いつめたりとかしてる？」

「してない。ただ、勢いがあるうちに、済ませられることは済ませたいんだ」

「う、うん、わかった」

こうした決断を下したのは、三代なりに葛藤あってのことだが、志乃にはいきなりに見えてしまったらしくかなり困惑された。

ただ、志乃はどこか嬉《うれ》しそうでもあった。

こんな一幕もありつつ、そろそろ二十一時になろうとしていた。すると、ようやく委員長が予備校のビルから出てきた。

「委員長出てきたな」

「本当だ。やっと出てきた」

三代と志乃は大きな溜《た》め息《いき》を一度吐《つ》くと、そそくさと会計を済ませて店を出て、再び委員長の追跡を開始した。

委員長は単語帳に集中し、前を見ていないにも拘《かかわ》らず、器用にすれ違う人とぶつからないように歩いていた。

こういうのは慣れが重要なので、つまり、委員長は普段から歩いている時にも勉強しているのだ。

たゆまぬ努力、というものを間近で見て思わず三代が感心していると、委員長は商業地域にある一番大きな書店に入った。

「本屋さんに入った」

「俺たちも入るか」

「うん」

書店に入って委員長の尾行を継続する。委員長は受験対策コーナーで赤本を物色していた。

どこまでも勉強に真剣で忠実だ。

「ねぇねぇ三代、あの赤い本なに?」

「過去問だな。大学入試のやつだ」

「予備校終わったのにまだ勉強のこと考えてるってこと？」

「だろうな」

「あたしは受験のお勉強より、こういうお勉強の方がいーよ！」

どこから見つけてきたのか、志乃は『愛を深めるキスの仕方20選』というタイトルの本を両手で持ってバッと三代の前に出した。

「……凄い本だな」

「でも、こういうの見たくなるでしょ？　愛が深まるキス20選！」

確かに参考書よりも見たくなる本であったので、三代は頷《うなず》いた。志乃はフンスと鼻を鳴らしながら会計を済ませて戻ってきた。

と、その時だ。

委員長が急にこちらを向いた。三代と志乃は慌てて物陰に隠れた。

――なんだか聞き覚えのある声が聞こえたような……。

気取られてしまったのだろうか？

わからない。

三代と志乃は息を潜めて、委員長が気のせいだったと思うのを待つことにした。

「あのー」

委員長はまだこちらを見ている。早く視線を本棚に戻してほしいのだが……。

「あの、結崎さん、藤原くん」

「なんだ？　今委員長にバレるかどうかの瀬戸際《せとぎわ》なんだ」

「そそ。ちょっと静かに――って、高砂ちゃん⁉」

志乃がわっと驚いて、三代もびっくりして振り返った。

なぜか高砂がいた。

尾行にはついてこないという話だったハズだが……。

「どうして高砂がここにいるんだ？」

「……報告待つって言ってたのに」

三代と志乃が矢継ぎ早に訊《き》くと、高砂はもごもごモジモジしながら言った。

「あの、やっぱり、二人にだけ任せるのも悪いなと思って、それで実は最初からついてきちゃってて……」

まさかの展開だ。三代と志乃が委員長を尾行し、その尾行を高砂がさらに尾行していた、という状況だったそうだ。

それにしても、不可抗力とはいえ、高砂の登場によって三代と志乃が驚いてしまったのは悪手だ。

大声を出してしまったせいで、委員長に気づかれてしまった。いつの間にか委員長は三代たちの目の前にきていた。

「今日は何か変な視線を感じるなと思ったら……君たちか」

委員長は中指でくいっと眼鏡のブリッジを押した。

店内の明かりが眼鏡のガラスに反射しているせいで、委員長がどんな表情をしているのかはよくわからないが、尾行されていたのは理解したハズだ。

三代は志乃と顔を見合わせた。

お互い、苦虫を噛《か》み潰したような顔だ。

これは素直に謝った方がよいのだろうか、と三代が悩んでいると、委員長の目の前に高砂が飛び出した。

「あ、あの、四楓院くん」

「高砂？　君もボクの跡をつけていたのか？　一体何の目的で？」

「そうじゃ、なくて」

「もしかして、藤原くんと結崎くんから悪い影響でも受けたのか？　君は真面目な生徒のハズだ」

さすがに委員長も怒っているようだ。

三代と志乃のことを『悪い影響』というトゲのある言い方をしていることからも、それがよくわかる。

「結崎さんと藤原くんは悪くなくて、四楓院くんのことを調べてほしいって私が二人に頼んだからで……」

「高砂が？　何か理由があるのか？　大した理由もなくこういうことをしたのであれば、さすがにボクも気分を害……す……」

委員長が急に言葉を失い始めた。

高砂の頬を伝う涙が、ぽたぽたと地面に落ちていたからだ。

「あの、私、その……四楓院くんのこと知りたくて……」

「知りたくて……？」

「好きだから」

「へ？」

「私は四楓院くんのことが好きで、だから知りたくて、お誕生日が近いのも知ってたから、何が好きなのかとか知りたくて、それで……」

高砂の涙の量が増え、そのうちに滝のような勢いになった。

好きの気持ちと、嫌われることをしてしまったという後悔が溢《あふ》れ出して止まらないのか、高砂はしゃがみ込んで泣きじゃくった。

そして、ただただ「ごめんなさい」と繰り返し、気づけば周囲に人だかりができた。

――なんだ？　なんで女の子が泣いてんだ？

――あの眼鏡が原因みたいだな。

――女の子を泣かせてんじゃないよ。

――痴話喧嘩《ちわげんか》か？

委員長はどうすればよいのか分からずにいるのか狼狽《うろた》えていたが、この場をどうにかできるのは自分だけだ、というのは理解したようだ。

委員長はしゃがんで高砂と目線の位置を合わせると、肩に手を置いた。

「その……好きと言うのは〝異性として〟という意味か？」

「うん」

高砂が何度手で拭っても止まらなかったその涙は、しかし、委員長の指が拭うと同時に止まった。

「気を悪くしないで欲しいのだが、ボクはハッキリ言って女の子の心がまるでわからない。そういう事柄には縁が薄く、そして何より疎《うと》いんだ。だから、どうすればいいのか知らないんだ」

「ぞれっで……私のごど嫌いってごとでずが？」

「そうとは言ってない。わからないというだけだ。だから、高砂さえよければ友達から始めないか？」

委員長はいまだ困ったような顔をしていたが、その一方で、どことなく優しさを滲《にじ》ませた声だった。

高砂は唇をきゅっと結び、メトロノームのように何度も頷いた。

これは高砂には全くもって想定外の展開であったのだろうが、結果的にはよい方向に転んだようだ。

——眼鏡やるな。

——いいぞ眼鏡。それでこそ男だ。

——これぞ青春だ！

三代と志乃は人だかりからそっと離れ、こっそりと書店の外に出た。

「一時はどうなることかと思ったが、なんとかなりそうだな」

「あーいう感じなら、そっとしておいた方がいーよね」

「あとは二人だけでなんとかするだろうしな。そろそろ帰るか。志乃も電車の時間だろ？」

「あっ、本当だ」

経緯はどうあれ、高砂は自分の気持ちを伝えて委員長も委員長なりに受け止めた。あとは二人だけでどうにかするハズだ。

そこから先に首を突っ込むのは、野暮《やぼ》というものだ。

高砂と委員長のその後について、三代は後日、志乃から詳しく聞かされた。高砂は、委員長への誕生日プレゼントを自分で直接本人に聞いて用意したそうだ。

閑話休題①：チョココロネとは合わないんだよな。

その日、三代《さんだい》がいつも通りに志乃《しの》の迎えに行くと、志乃のバイト先のカフェの様子がなんだかおかしかった。

営業していなかったのだ。

だが、志乃から今日はバイトが休みという話を三代は聞いていなかったし、それに明かりは点《つ》いているので恐らく中にいるのだろうが……。

入り口に鍵がかかっていなかったので、三代はそっと中に入ってみた。客がいないのだから当たり前だが、ホールはシーンと静まりかえっていた。

普段は活気のある場所が無人だと、なんだか怖く感じた。恐怖映画やホラーゲームの中に入り込んでしまったような錯覚を覚えるのだ。

「誰かいますか？」

呟《つぶや》くように問いかけてみるが、答えは返ってこなかった。

と、その時だ。

従業員室、と書かれた扉の奥から、大量の荷物が崩れ落ちる音が聞こえてきた。何事だろうか、と三代は慌てて従業員室の中に駆け込む。

すると、大量の段ボールとその中身が散乱しており、志乃ともう一人——見覚えのあるチョココロネな髪形の女の子がいた。確か志乃の同僚だ。

「わ、私は悪くないのですよ……悪いのは、あんな高いところに段ボールを置いた副店長ですぅ！」

「芽衣《めい》ちゃん、この場にいない副店長のせいにする前に、手が届かないのに無理に取ろうとした自分を反省しようね？」

「志乃ぴは副店長の味方です？　副店長は酷《ひど》いのですよ！　今日だって月一の定休日なのに、棚卸だ掃除だなんだってシフト入れられたですよ？　志乃ぴはおこにならないですか？」

「味方とか敵とか副店長がどうとか、そういう話じゃなくて、今のは悪いの芽衣ちゃんなんだから反省しよーねって言ってるだけ。もうこんなに散らかして……そろそろ三代が迎えにきてくれるころだし、あたし早く終わらせたいんだけど。棚卸は終わって、あと掃除だけでそれも終わりそうだったのに」

「これだから彼氏持ちは……ん？　志乃ぴ、彼氏そこにいるですよ」

チョコロネ――ではなく芽衣に指を差され、三代はびくっとした。そして、振り返る志乃と目が合った。

「三代……？」

「明かりが点いていたから、志乃いるのかなと思ってな。倒れてたりしたら、大変だなと思って」

なんとなく勝手に入った、とは言えなかったので三代は嘘《うそ》をついた。志乃は三代の言葉を疑うこともなく「仕方ないなぁ」と眉尻を下げた。

「あたしのことを心配してくれるのは嬉《うれ》しいけど、勝手に入ったら〝めっ〟だからね？」

「悪かった」

なんとか誤魔化せた、と三代は安堵《あんど》しそうになったのだが、そこで芽衣が疑いの眼差《まなざ》しを向けてきた。

「……なんかおかしい気がするですよ？　心配してるなら入ってきてすぐに名前呼ぶと思うですけど？　本当のところは……鍵がかかってないから入っちゃったけど、それを正直に言うと常識がない人間になるから嘘ついたとかじゃないです？」

ギクリとした。

芽衣の指摘は鋭くまさにその通りであった。

三代はすぐに言い訳を口にしようとするが、それより先に志乃がムッとして芽衣を睨《にら》みつけた。

「芽衣ちゃん、あたしの彼氏のこと嘘つき呼ばわりするのやめて？」

志乃の目が冷たく、言葉にも抑揚はなく、そして威圧感が滲んでいた。

さすがにここまで怒るとは思っていなかったのか、芽衣は顔を引き攣《つ》らせ、額には脂汗を浮かべていた。

「し、志乃ぴ本気で怒って……？」

「あたしの彼氏を、嘘つき呼ばわりするのはやめて？」

「ひぇっ……」

「やめて？」

「……はい」

芽衣はあっさり負けた。

決して芽衣が弱いというわけではなく、志乃のプレッシャーのかけ方が上手なのだ。

徐々に文章を短くすることで、喩《たと》えるなら、爆弾の導火線のような恐怖を相手に与えることに成功している。

横で聞いていただけの三代も若干後ずさっていた。

「……彼氏については触れない方がよさげなのです。志乃ぴが怒るとこんなに怖かったですか」

「なにか言った？」

「素敵な彼氏で羨ましいなって言ったですよ？」

「三代が魅力的だからって、近づいたりしたら駄目だからね？　まぁ芽衣ちゃんの好みとは違うから、そういう心配はあんまりしてないけど」

「そこは安心していいなのですよ。志乃ぴの彼氏も顔はいい方なのですけど、私の好みの系統ではないですよ。私は派手めの男の子が好きですから」

「芽衣ちゃんそういう男の子好きだよね～。気持ちはわかるけど、でも、私は男の子は顔じゃなくて中身だと思うかな？」

「うそくさ」

「なにか言った？」

「志乃ぴは中身重視のイケてる女の子って言ったです～」

「ありがと。それじゃ、早く終わらせよ」

志乃と芽衣は散乱した段ボールとその中身を片付け始めた。早く終わらせるにこしたことはないので、三代も手伝うことにした。

「俺もやるよ」

「いいよ、これあたしたちの仕事だし」

「電車の時間がギリギリになったら、志乃と一緒の時間が減るだろ？　それはちょっと俺も嫌だからな」

「優しいんだから。それじゃ、お願いしようかな」

「任せろ。それで、俺は何をやればいいんだ？」

「実は厨房《ちゅうぼう》の方でもちょっと点検と確認あるんだけど、そっちに芽衣ちゃん回し……たくないなぁ……ドジだし……」

志乃は少し悩んでいたが、

「仕方ない、厨房の方はあたしが行くか。三代はここで芽衣ちゃんと一緒に、そこら中に散らばってる段ボールとその中身を片付けててくれる？」

そんな結論を出した。

芽衣と三代を二人きりにすることに志乃は抵抗がないようだが、それは、三代が芽衣の好みではない、と断言したからのようだ。

一緒に働く仲だからこそ、それが疑う必要のない事実だと判断がつくらしい。

「わかった。ここでこの子と一緒に片付けすればいいんだな？」

「うん。よろしくね」

志乃がてくてくと従業員室から出て行き、そして、三代は芽衣と二人きりにさせられた。

何を話せばいいかわからないが、とりあえず話しかけてみた。

「この散らばってるのを、段ボールに入れればいいのかな？」

「です。書類は書類で、備品は同じようなヤツで分けて段ボールに入れて、それでいっぱいになったら、そっちの棚の空いてるとこに置いてくれればだいじょぶですよ」

「了解」

三代は芽衣に言われた通りに動いた。書類は書類でまとめて、備品も似たような備品ごとにまとめて分けて段ボールに詰める。

もくもくと作業を続けていると、半分くらいが終わった。すると、芽衣が「あっ」と声をあげた。

「ど、どうした急に声あげて」

「この机もそっちに移動しとけって副店長に言われてたですね……彼ピくん、ちょっとそっち持って貰《もら》えるです？　この机を動かすので」

「はいはい」

せーので息を合わせて机を持ち上げ、二人で机を動かそうとする。しかし、三代が動こうとすると芽衣が止まり、芽衣が動こうとすると三代が止まってしまった。

お互いわざとやっているわけでもない感じで、なんといえばいいのか、妙に息が合わないのだ。

「もしかしてなのですけど、ふざけてるです?」

「そっちこそ、わざとやってないか?」

「なんで私がそんな無駄に時間がかかることとする必要があるですか?」

「俺だって同じだぞ」

「……」

「……」

お互いに、なんとなくだが恐らく確信していた。

息が合わない、と。

「もう一回せーので行くですよ?」

「わかった」

「「せーの」」

かけ声を合わせ、同時に机を動かそうとする。しかし、やはりお互いの動きに微妙なズレがあるせいで机が思うように動かなかった。

「なんだ、その……」

「……言わなくてもわかるですよ。相性最悪なのです」

「中途半端《ちゅうとはんぱ》に共同で何かやるより、役割分担をした方がいい気がするな。机は俺が一人でなんとかするから、そっちは段ボールやって貰ってもいいか？」

「役割分担同感です。わかったです」

下手に協力しようとせず別々に動くべき、というのが二人が出した答えであり、そしてこれが思っていた以上に上手《うま》く嵌《は》まった。

あっという間に片づけは終わり、その頃になって志乃が戻ってきた。

「ただいま……って、何か二人に凄《すご》い距離があるんだけど、喧嘩《けんか》でもした？」

「いや、喧嘩はしていない」

「です」

「そう？　なにかこう、壁ができてる感じするんだけど……」

「壁はあるな」

「あるですね」

「やっぱ喧嘩した？」

「そうじゃなくてだな、つまりどういうことかというと」

「志乃の彼ピと私は」

「「馬が合わない」」

その後、三代は帰り道で芽衣との間に何があったのかを話した。

志乃は大爆笑していた。

12月16日〜12月25日 クリスマスがやってきたね。

1

体育館に集められた千人を超える在校生が、生徒指導の教諭が長々と述べている冬休みの規則を聞き流している。

長期休みの前の話は、大体いつも同じだ。夏休みや春休みの終業式でも似たような感じの内容だった記憶が三代《さんだい》にはある。

それにしても、終業式で在校性が一斉に集まった光景は中々に圧巻だ。今まで気にして見たことがなかったが、普通に生徒数が多い学校である。

——本校の生徒である自覚を持ち、決して世間に迷惑をかけることはせず、清く正しく一人一人が校名の書かれた看板を背負っているものとして行動し……えー……つまりは

……。

生徒指導の教諭の話が終わると、次は学外で賞を取ったり社会貢献活動をした生徒たちの表彰が始まる。

その次に校長が出てきて、生徒指導の教諭と同じような話をし始めた。

何か面白いことが起きるわけでもなく、時間が経《た》つに従い、聞き流すだけでは飽き足らずひそひそ話をする者も出てくるようになった。

ただ、そうした弛緩《しかん》した空気になり始めているのは生徒たちだけではなく、教諭たちも同じだ。

面倒くさい、とでも言いたげな表情の教諭も多く、中岡《なかおか》に至っては完全に寝ている始末だった。


——中岡先生、中岡先生、起きてください。

——……ふへ？

——今寝てましたよね？

——……つい。

——眠たくなる気持ちも分かりますが、起きてないと。

——……ふごっ。

——またすぐ寝た。

——まぁ中岡先生もマイペースな人ですから。

——……ちょっと話に割って入るようで申し訳ないのですが、中岡先生といえば気になることが一つあるのですがね。三学期の修学旅行について、中岡先生のクラスだけ行き先の稟議《りんぎ》がまだのような……。

——え？　気のせいじゃないですか？　中岡先生は確かにマイペースですけど、でも、そういうのは意外としっかりしている人ですし……。

——そうですか。まぁ、中岡先生と仲のよい養護教諭の笹倉《ささくら》先生がそう言うのであれば、それもそうかもしれませんな。それにしても、養護教諭の先生がこんなにお綺麗《きれい》だと、毎日保健室に通おうとする生徒も多いんじゃあないですかな？

——やだもう。そんなことないですよ。ふふっ。


生徒も教諭もダラけきった感じが充満しており、校長がなんだか切ない顔をしていたが、それはさておき終業式はつつがなく終わった。

こういう○○式といった式がつくような学校行事は、青春ドラマか何かであれば、生徒会が体育館をジャックしてバンド演奏を始めたり、不良生徒が起こした揉《も》め事が原因で外に暴走族が集まってきたりするのだろうが、ここは現実だ。

当然ながらそんな展開にはならない。そのまま閉会となり、教室に戻って行われるクラス毎《ごと》の二学期最後のホームルームも過ぎ去っていった。

――ボクたちは本校の生徒である自覚を持つ必要があり、その全てが細かく記載されているのがこのガイドブックだ。学校側が用意してくれたものであるのだから、これを信じて冬休みは行動するのだぞ、諸君。

――そんなもの守ってられるかよ。

――捕まるようなことしなきゃそれでいいじゃん。

――捕まるようなことをしないのは当たり前だ！　このガイドブックには、そういった当たり前のこと以外にも、ついつい忘れてしまいがちな部分についても注意喚起があるのだ。例えば、夕方以降は繁華街のような危険な場所には行かないなど、事件に巻き込まれる可能性がある場所についても記載がある。

――はいはい……。

――それでは最後に委員長として一つ。補習組は明日からきちんとくるように。数学と物理の先生から補習の手伝いを頼まれていてな。該当教科の赤点諸君はありがたく思いたまえ。

──マジかよ。

──私も赤点取ればよかったな……そしたら四楓院《しほういん》くんと一緒にお勉強できたのに……うぅ……折角お友達になれたのに、私の馬鹿！

終業式の日はいつもより早く学校が終わることもあり、正午には解散となった。もう下校だ。

一斉に下校する生徒たちの波に紛れて、三代と志乃《しの》も外に出る。

今日もお互いにバイトがあるが、出勤時間はいつも通りだ。つまり数時間ほど暇な時間ができたので、二人でのんびりお散歩デートを楽しむことにした。

適当に街を歩いてみたり、ゲームセンターのＵＦＯキャッチャーでなんとなく目についた景品をノリで獲ったりして過ごした。

「なんでそんなお菓子の景品ばっか狙うの？　あっちのにゃんことかワンワンのぬいぐるみとか獲ろうよ」

「ぬいぐるみを獲るのはいいが、どこに置く気だ？　意外と場所を取る。ああいうのは」

「三代の家に置けばいいじゃん。だいぶスペース余ってるじゃん」

「うちのマンションは意外と狭い。ぽんぽん物置いていったらすぐに家の中が埋まる。そういえば……最近、家に志乃の生活用品が段々増えてる気がするんだが」

三代は今まであえて触れなかったのだが、最近、志乃が家に物を置いていくようになっていた。

最初は『たまたま忘れていっただけか?』くらいに思っていたのだが、シャンプーやトリートメント、コンディショナー、シャワージェル等々の明らかな生活用品が置かれるようになってから、『絶対にこれは忘れていったものではない』と気づいた。

「バレた……?」

「バレてる」

「バレたか……」

志乃の反応を見るに、わざと置いていったようだが……。

お泊まりする気満々の品揃《しなぞろ》えだが、今までに三代がそれを許したのは台風がきたあの日だけであり、基本的に志乃を泊まらせる気がなかった。

頭の中にあったのは志乃の両親のことだ。

志乃が上手く誤魔化せる自信があるのは知っているし、実際に台風の時に志乃は簡単にやり過ごしていた。

だが、そういうやり方はよろしくない、と三代は思っていた。

綺麗事《きれいごと》なのはわかっているが、好きだからこそ、不真面目でいたくないのだ。不真面目でいたくないからこそ、一緒に旅行に行くのも志乃の両親へ挨拶をしてから、という答えを出した。

「先に言っておくが、そんな頻繁に家に泊めるつもりはないぞ」

「え？　どして？」

「志乃のご両親が心配するからだ。適当な嘘《うそ》をついても、それがバレたら大変なことになるだろ」

「だいじょーぶだと思うけどね」

「旅行に行く前に挨拶もするわけだが、万が一にもその前にバレたら俺が嫌なんだ。きちんとした彼氏だって思って貰《もら》いたいんだ。認めて貰って、志乃の家族からも応援される仲がいい」

「しっかり結婚も考えてくれてるみたいな雰囲気？」

志乃の表情は、半分からかいで半分本気、といった感じだ。

こういう問い方は、答えがわかっているが確認の為《ため》に言葉に出させたい、という志乃なりの外堀埋めである。

だが、気持ちに関しては外堀など既に埋められている。今さら余計に埋められたところで三代が動じることはなかった。

「……俺はできれば、志乃と結婚まで行きたい。俺にとって志乃が一番だし、志乃にとっても俺が一番であってほしい。そういうのを形にする契約が結婚だと思うからな」

恥じ入ることもなく三代が堂々と言い切ると、志乃が満足気に笑った。

「言葉には責任があるんだからね？」

「そうだな」

「ふふっ、そうやって言葉にしてくれるの本当に嬉《うれ》しい」

「こういう言葉を何回も繰り返していると、そのうち慣れて心に響かなくなったりしないか？」

「そんなことないよ？　何回でも聞きたくなるし、言われなくなると逆にあたしは不安になるかな〜。本当に今でも大事に思ってくれてるのかなって、好きでいてくれてるのかなって。だから、定期的に言って安心させてくれないと嫌」

言葉にする、というのはとても大事なことだ。

ただ、その頻度やタイミングは人それぞれでもあるし、何かしらの環境や心境の変化でズレが生じる時もある。

だから、三代は何気ない志乃の言葉や仕草から『今どのくらいを志乃が求めているのか』を探る。

今の志乃の答え方の感じだと、そこまで以前との差異はなさそうで、これまで通りのいちゃつき方を望んでいるのがわかる。

「そーいえば、明日が何の日か忘れてないよね？　三代ってたまーに大事なこと抜け落ちてる時あるし」

明日は二十四日で、クリスマスイブだ。

一日一緒にいようね、と志乃と約束した日であり、三代もその日は志乃同様にバイトの休みを取っていた。

休みの申請をした時、小牧《こまき》からは渋い顔をされたが、彼女との約束を前面に出すと折れてくれた。

忙しいにも拘《かかわ》らず人手が減りやすい時期であるので、なるべくなら小牧も人員を確保しておきたいのだろうが、それでも三代が優先したいのは志乃である。

ちなみに、この話をしていた時にハジメが居合わせていたのだが、頬を膨らませて「僕と彼女のどっちが大事なんだよぉ」と言っていたが……これはいつもの冗談だろうから割愛だ。

「……明日はクリスマスイブだ。一緒にいようなって約束したよな」

「うん」

交際期間が長くなればなるほど、男の子側は約束を蔑《ないがし》ろにしがちになる。これぐらいいいだろうとか、少しくらいわかってくれるだろうとか、そういう形で女の子に甘えようとする。

だが、三代は普通の男の子とは少し違った性質であるので、あまりそういった傾向がなかった。

ぼっちでコミュ障という側面が強い影響をおよぼし、仲が深くなればなるほど約束を守りたい方だった。

折角手にすることができた関係は維持したいし、相手をがっかりさせたくないと自然に思うのだ。

三代のこういうところは、陽キャにはない魅力の一つである。

人間関係を簡単に構築できてしまう陽キャは、沢山の人と繋《つな》がっていることが多いが、それは裏を返せば一人一人の人間を粗末にしがちになる、ということだ。

一人の人間が使える時間やキャパシティには限界があり、陽キャは陽キャであろうとする限り、意識的か無意識的か問わず人を粗末にせざるをえない。もちろん、基本明るく接しやすい部分もあるので、絶対的に悪性の人間というわけではないのだが……。

そんな陽キャとぼっちの対比はさておいて、そうこうしているうちに、お互いのバイトの時間になった。

そこからはいつも通りだ。

先にバイトを終えた三代が志乃の迎えに行き、マンションで二人だけの時間を過ごし、そのまま志乃を駅のホームまで送る。

「それじゃあ、明日な」

「うん。始発でくるから、お迎えよろしく～」

「わかった。早起きして、駅のホームで志乃のこと待ってる」

「お寝坊して遅刻したら怒るからね？」

「今日は早く寝る」

志乃が車両に飛び乗ると〝ぷしゅう〟という音と共に電車の扉が閉まった。それからすぐに、志乃は「あっ」と何かを思い出した様子で、慌てて窓をコンコンと叩《たた》いて三代の注意を引いた。

「～～～！」

志乃は何を伝えようとしているのだろうか？　三代が首を捻《ひね》っていると、志乃は瞼《まぶた》を閉じて唇を突き出した。

キスの催促だ。

（あっ……そういえばお別れのちうをしていなかったな）

三代は慌てて窓越しにちうをした。

冷たいガラスの感触に上気を奪われながらも、二秒か三秒ほどしてから三代がゆっくり瞼をあげると――志乃がこちらを指さして笑っていた。

「なんだ？　は？　なんで笑ってるんだ？」

なにがなんだかわからずにいた三代だったが、志乃が笑っている理由にはすぐに気づいた。志乃は、ぶちゅーっと窓ガラスに唇を押し当てている三代の顔を見て笑ったのだ。

恥ずかしくてたまらなくて、三代は顔から火が出そうになる。だが、すぐさまに電車が走り出して志乃と離れたことで、なんとか平静を取り戻していった。

しかし、それで終わりとはならず、数分後に志乃が送ってきた画像のせいで、三代は再び羞恥を味わうことになる。

電車の窓ガラスに唇を押し当てる三代の顔写真を、志乃が送ってきた。

確かにこれは笑ってしまう、と納得してしまうくらいにおかしな顔だったが……当事者からすれば笑えないものだ。

なお、三代が知ることになるかは不明だが、志乃はこの画像を大事に保存することを決めており、後に寂しくなったり悲しくなった時に画像にちうをするようになる。愛らしくて元気を貰える、大切な彼氏の顔写真と思っているからだ。

ただ、それがわからない三代にとっては単なる羞恥写真であるので、短い文章を連投して無理やり画像を見えない位置に追いやった。

――なに焦《あせ》ってんの？（笑）

――やばい顔だなと思った。

――自分の顔でしょ～。

――自分のキモさを直視したくなかった。

三代が簡潔な文章で心情を吐露すると、志乃が大爆笑のスタンプを連発した。こうなると、もう何を言っても笑われるので、三代は「おやすみ」と送ってやり取りを強制的に終わらせた。

取り繕えば取り繕うほど、次の笑いのツボを引き当てる可能性があるからだ。

「やられっ放しもなんだし、いつか逆の立場を経験して貰いたいとこだな……」

機会があれば志乃の面白顔写真を撮ってやろう、と決意した三代は、明日は寝坊ができないこともあって早めにお風呂《ふろ》に入り、いつもは待機して見る深夜アニメも見ずにベッドに転がり込んだ。


翌朝。

まだ太陽が顔を出していない頃に三代は目覚めた。

少し早く起きすぎた気もしたが、寝坊するよりはずっとマシなので、着替えを済ませて準備を調え足早に駅まで向かった。途中で朝食を食べていないのを思い出し、コンビニに寄って適当な菓子パンを買って頰張る。

スマホで時間を確認すると、志乃が乗る電車がやってくるまで二時間くらいの余裕があったので、まず24時間営業のカラオケ店で一時間だけ暇を潰し、それから適当に商業地を散策して時間を潰した。

早朝だからか、まだ開いていない店も多くある。

知らないうちにテナントが入れ替わってる店舗もあり、見たことがない看板もちょこちょこあった。

普段意識して見ることもあまりないが、街は毎日少しずつ変化していて、数ヶ月前と比べると全く違っている。

なんとなく三代は思うのだが、きっと人生もこうした街の移り変わりと同じだ。何かしらの変化は日々起きているが、それが徐々にであるから気づけないのだ。

変わることは悪いことではない。

三代自身も、志乃との交際初期の頃と比べるとまぁまぁ変わっている。

同じような日常を過ごしている気でいるが、その実、目まぐるしく人も状況も環境も変わっているのだ。

それをよい変化にできるか、それとも悪い変化にしてしまうかは本人次第だ。

「おっと、そろそろ時間か」

志乃の乗った電車がやってくる時間になったので、駅の構内に入る。

「う、寒いな……」

冬の駅のホームは気温以上に寒く感じることが多いが、どうしてなのだろうか。心なしか吐く白い息もいつも以上に濃い気がする。

三代は自販機で温かい飲み物を買うと、ちびちび飲んだ。まもなくして志乃を乗せた電車がやってきたので、一気に飲み干して空き缶を回収箱に突っ込んだ。

通勤ラッシュよりも早い時間であるので、車両の中は結構スカスカだ。志乃の姿もすぐに見つけた。

「おはよ！」

志乃は元気いっぱいだ。今日という日を心待ちにしてくれていたのが、それだけでわかる。

「朝は寒いから、おてて繋ご」

「そうだな」

二人は手を繋ぐとゆっくりと歩きだした。

十二月二十四日。クリスマスイブ。恋人たちが一斉に愛を囁《ささや》く夜を抱える、年に一度の聖なる日が始まった。

2

街が段々と活況を見せ始めたのは、九時を過ぎたあたりからだ。

クリスマスの歌が流れ始め、集客の為《ため》に少しでも目立とうとしているのか、快晴であるにも拘《かかわ》らず飾りつけられたイルミネーションが明滅を始めた。

「電気代の無駄とか言われそうだよな、これ」

「こういうのって、電気代かからない電球とか使ってるんじゃない？　うちのカフェも何かそんなのあった気がする」

「なるほどな……」

「雰囲気よさげなお店はっけーん。あそこ入ろうよ。ちょうど開店したみたいだし」

志乃に引きずられるようにして、カップル限定割引と書かれた立て看板がある店に入った。

「いらっしゃいませ」

「二名です～」

「カップルでお間違えございませんか？」

「はい」

「では、あちらのお席へどうぞ。メニューがお決まりになりましたら、呼び鈴でスタッフをお呼び下さいませ」

案内された席に座り、メニューを手に取る。

メニュー表は今日だけ限定の特別なものらしく、全てに『カップル仕様』と書いてあり、そして写真も独特だった。飲み物が全てハート形のカップルストロー付きだったり、軽食もＬＯＶＥという文字に切り取られたサンドイッチ等だ。

「徹底的だな……。志乃のバイト先でも、こういうのってやったりとかするか？」

「こういうのはしないかな。お客さんがほとんど女性単体だしさ」

「あー……」

志乃のバイト先のカフェは、確かにほぼ女性客しか見なかった。

男性の姿がある時もあるが、大体が従業員の彼氏で、三代が志乃のバイトが終わるのを待っているのと同じ理由できているだけだ。

「女性単体で楽しめる感じのイベントはやったりもするけど、カップル割みたいなのはやらないよ」

「女性だけの空間的な雰囲気を売りにしているから、カップルが雪崩《なだ》れこんでくると、コンセプトが駄目になるって感じか？」

「副店長もそんな感じのことゆってた！」

「副店長……何か見たことある気がするな。生真面目そうな人だよな？」

「生真面目なのはそのとーりだけど、でも優しい人だよ。……芽衣《めい》ちゃんは苦手みたいだけどね」

チョココロネこと芽衣が副店長に対して苦手意識を持っているらしいが、確かに、本人があれこれ愚痴を言っていたような気もする。

生真面目な人間はとっつきにくい印象はあるが、行動には一定の節度を持っていることが多く、三代はそれを好ましい要素だと思う方なので、苦手、というのはあまり共感できない感情だ。

ただ、他者に対する感情は個々人で違うものだ。

考え方も感じ方も違うのは当たり前なのだから、何が正しいとか間違っているとか考えるだけ時間の無駄である。

そんなことを言い出してしまったら、三代が志乃と付きあっているのも、住む世界が違うのだから別れるべきだとかいう話になる。

それは嫌だ。

「チョココロネといえばこの前の一件だが……本当に俺と相性が悪すぎるから、もう絶対に二人きりになりたくないな」

「チョココロ……芽衣ちゃんそれ聞いたら怒るから、本人の前で言わないでよ？　芽衣ちゃんは髪形を馬鹿にされると……」

「されると？」

「ぴえんになる」

「泣くってことか。まぁあの髪形も時間かかってそうだし、そういうの馬鹿にされたりしたくないよな」

「そーそー」

芽衣に関して志乃はあまり嫉妬を見せないが、それは間違いが絶対に起きないと断言できるからだろう。

三代は芽衣のことをそこまで嫌ってはいないし、芽衣も同様なのだろうが、しかし、それでも二人の間には明確な壁が存在した。

まぁそんなことはさておき、店に入った以上は何か頼まないといけないので、二人でメニュー表を眺めながら話し合いを始める。

「んー と……お腹《なか》が空《す》いてるわけでもないし、飲み物だけにしよーかな」

「俺もあんまりお腹は減ってないな」

「じゃあ飲み物だけね。一つだけ頼んで二人で飲む？　それとも、別々に好きなの頼む？どっちにしても、二人で使えるハート形のカップルストローついてくるけど」

「そうだな……別々にして、一口か二口くらい分けあえばいいんじゃないか？」

「んじゃあ、そうしよっか。あたしは苺《いちご》ちゃんのジュースを頼むよ～」

「俺はすっきりした感じのが飲みたいから、このパインのにでもするか」

お互いに注文が決まったので、呼び鈴を押してホールスタッフに伝える。食べ物でもないので頼んだものはすぐにきた。

志乃が頼んだのがとろとろの苺ミルクで、三代が頼んだのが輪切りのパインがグラスの中に納まっているパインジュースである。

そして、カップルストローがどちらのグラスにも挿さっている。

「……意外とデカいグラスだな。思ってたよりデカかった。というか、俺のにはフォークもついてきてるんだが」

「中に入ってるパイン食べれるよって意味じゃない？　それ以外にフォークの使い道ないでしょ」

「ないだろうな」

「まぁ無理して食べなくてもいいと思うけどね。食べたい人はどうぞって感じのヤツだと思うよ？　そんなことより早くストロー使って一緒に飲も」

志乃がカップルストローを早く使ってみたいようなので、言われるがままに、まずは志乃が頼んだ苺ミルクを何口か一緒に飲む。

甘みが強くて、朝に飲むには少し重い気がする――と苺ミルクの品評をしていた三代だが、ややあって志乃がじとーっとこちらを見ているのに気づいた。

「どうした？」

だ。

「中身があたしの方に全然こなかったんだけど？　三代が強く吸いすぎ！」

三代が少し強く吸いすぎてしまったらしく、志乃の方にジュースが行かなかったみたい

カップルストローは扱いにはコツが必要な曲者《くせもの》、というわけだ。

「気をつけてよね」

「わかった」

「じゃーもう一回！」

今度は三代も気を使い、意識して吸う力の加減を考えた。すると、中身がきちんと志乃の方に行ったようで、志乃は嬉《うれ》しそうにちうちう飲んでいた。

それから続けて、三代のパインジュースも同じように二人で何口か分けあった。パインの酸味が少し強めで、志乃が「んん～」っと唇をすぼめるほどだったが、濃縮された風味も合わさって三代的には結構よかった。

グラスの中に残ったパインは、半分だけ食べた。元からそこまでお腹が空いていなかったのもあるが、加えてジュースでお腹が膨れてしまったのもある。

「ちょっと愚痴なんだけど、この前、美希《みき》が猫を飼いたいとか言い出して困ったんだよね」

「にゃんこ？」

「うん。でも、美希に世話できないじゃんってあたし言ったわけ。命だから大切にするんだよって言っても、どうせ最初だけ『わかってるよぉ』とか調子いいこと言って、結局あたしかお母さんが面倒見ることになるの目に見えてるし」

「猫は可愛《かわい》いからな。それで欲しくなったのかもな」

「可愛いだけで飼っていいわけないじゃん。猫だって生きてるし命あるんだからさ。それに、保護猫とか引き取って、今まで大変だったかもだけどこれから幸せにしてあげるとかならまだしも、美希なんて言ったと思う？」

「なんて言ったんだ？」

「ペルシャ猫が欲しいんだって。ふあふあだからって。他に理由はなし」

「……金が十万単位で必要そうだな」

「ぜぇっっったい、世話しないから美希は。撫《な》でたり顔埋《うず》めて『ふあふあふあふあ』ってやりたいだけなの透けて見えるもん」

だらだらとそんな会話を続けていると、徐々に来客が増え店内の席も埋まり始めた。三代も志乃も頼んだものは既に飲み終えていたし、あまり長く居座っても迷惑そうなので、お会計を済ませて外に出た。

そこからは適当に遊んでまわった。だが、そのうちに疲れてきたのでマンションでのおこもりデートに切り替えた。

志乃をマンションに迎え入れてから、三代はふとあることに気づいて、押し入れを漁《あさ》り始めた。

「……なにやってるの？」

「いや、冬だしなーと思ってこれをな」

三代が引っ張り出したのはコタツだ。エアコンがあるので別に寒くはなく必須でもないが、それでも冬の雰囲気にあうのはやはりこたつだ。

朝か昨日のうちに気づいて準備をしておけば完璧だったが、まぁ思い出したのが今なのだから仕方がない。

「おこたじゃん。入ろ入ろ。ぬくぬくぅー」

こたつの電源を入れると、志乃が顔以外の全身をすっぽり入れて亀のようになった。

志乃は以前、美希に対して『三代の家を自分の家のように考えるな』と叱責していたことがあるが……生活用品の無断設置等々、志乃も美希にあれこれと注意できる立場ではなくなっている感じがある。

まぁ『自分は彼女だから特別』と考えているのだろうし、三代も志乃の振る舞いを許容している。

例外があるとすればPCだ。えっちな画像や動画、それと実はゲームも若干ながら詰まっているので、PCだけは絶対に触らせないようにしている。

なお、三代の最近のお気に入りはギャルものである。志乃に似た女優やキャラクターがフォルダ内の八割を占めるようになっていた。

これらが万が一にも志乃にバレてしまったら……と思うと、気が気でなくなる時もあった。普段は淡泊そうにしておきながら裏ではえっちを沢山抱えているとなると、むっつりだと誤解されることになる。

自分は立派な彼氏だと思いたいし、そうであるべき、という意識が三代は強かった。

「おこた入ると『あ～冬だな～』って感じする」

「そうだな」

「あっ……そうだそうだ、ちょっと待って」

志乃はずりずりと這《は》いずって出て自分の鞄《かばん》を摑《つか》むと、そのままずりずりと戻ってきた。

そして、鞄の中から出した袋を三代の膝の上に置いた。

「なんだこれ？」

「クリスマスプレゼント～」

何が入っているのだろうか？　三代は早速袋を開けた。中に入っていたのは随分と高級感溢《あふ》れるマフラーだ。

「カシミアのやつだから手触りさらふわ」

カシミアが何かはわからないが、見た目に恥じないくらいに高い品であるのは雰囲気から感じ取った。

「ありがとう。嬉しいよ」

「喜んでくれたようでなにより！」

「それじゃあ、次は俺のプレゼントの番だな。少し待っててくれ」

三代は例の下着の入った包みを志乃に渡した。「何が入ってるのかな～」とニコニコしながら包みを開ける志乃は、そして、硬直した。

「……」

「きっと志乃に似あうと思ったんだ」

「こ、これをあたしに……？」

「そうだ」

「つまりその、つつつ、着けて欲しいと？」

「色々考えて買ったんだ。着けてくれたらなと思っている」

プレゼントに下着はどうなのか――と思うところは三代にもある。しかし、今さらどうしようもないのである。

それに、どのような経緯があろうと、最終的にこれを買うと決めたのは他ならぬ自分自身だ。

ことここに至り、三代の心境は穏やかに堂々としていた。

「あわわわ……」

志乃は指でつまむようにして下着を広げ、困惑していた。だが、爽やかな笑顔の三代を見てごくりと唾《の》を呑み込んだ。

「な、なるほど……『もう俺は覚悟完了してる。あとはお前次第だ』と……そういう感じの……」

「？」

「わかった！　サイズもだいじょーぶそうな感じだし……じゃあ……温泉に行く時に持っていくね。あたしも覚悟決めるから！」

覚悟を決めるから、というのがどういう意味なのかよくわからず、三代は首を捻《ひね》った。

だが、とりあえず、ドン引きはされていないようだ。

よかった。

しかし、まだ一つ肩の荷が下りたに過ぎないのも事実で、気を緩めるには早いと三代は苦笑する。

あと一つ、大きな心配事が残っている。

「温泉に行く前に、志乃のご両親に挨拶しないとな」

「……だね」

「もう日数も迫っているし、明日にでも行くか？」

「明日はちょっとやめた方がいいかも？　あたしが一日中バイトだし、挨拶するにしても夜になるよ？　それに、明日はクリスマスってことでお父さんが夜に家族で食事に行くとか言ってて、タイミング的におこになるかも」

「それは……駄目だな」

「まぁ食事についていきて挨拶っていうのもアリなんだろうけど……？」

「俺が挨拶する予定で組んだ外食ならともかく、家族だけで楽しむ予定だったところに割って入ったら、俺の印象が悪くなる気がする」

「あたしは気にしないし、多分お母さんも美希も気にしないけど……お父さんが確かにちょっとね。じゃあ挨拶は明後日《あさって》の二十六日とかどう？　その日はあたしも三代もバイト午後からだし、午前中のうちにさくっと」

「そんな短く済むか？」

「一時間か二時間もあれば十分だよ。それとも、あたしの親と一緒にどこかに出かけるつもりかな？」

「……いきなりそんなに心の距離を縮めるのは俺には無理だ」

「それじゃあ明後日の午前中ね。あたしもそれまでに親に説明とか色々しとく。……あたしの家の場所覚えてる？」

「それは覚えてる」

挨拶の流れを少しずつ詰めたりしているうちに、クリスマスイブは瞬《また》く間《ま》に過ぎる。あっという間に終わりを迎えた。

お互い満足するまでちゅっちゅして、それから志乃を駅まで送った。

3

翌日の二十五日。

三代は久しぶりに、ほとんど志乃と関わらない一日を過ごすことになった。

この日、三代も三代でバイトを入れていたが、それが終わってしまえばやることがない状態だ。

何をしようかな、と漠然と考えながらタイムカードを押して外に出る。すると、一緒のシフトで働いていたハジメが三代の後を追いかけてきた。

「待ってよ～」

「なんだ？」

「このあと暇かなーって思って」

「暇に見えるか？」

「んーとね、昨日は藤原《ふじわら》くん休んだでしょ？　それって、結崎《ゆいざき》さんと一緒にいる時間を作る為《ため》だよね？」

「……そうだな」

「でも今日はバイトにきてるし、焦《あせ》ってるような様子もないし、だから結崎さんとぴったり時間を合わせてどうこうはないんじゃないかなーって」

ハジメは意外と賢く、三代の言動から見事に状況を言い当てた。まさか当てられると思っていなかった三代は思わず舌を巻いた。

「……凄《すご》いな。当たってる」

「やったー！」

「意外と頭いいんだな、佐伯《さえき》」

「ふふっ」

「今日は志乃も一日中バイトで、夜は家族と食事行くって言ってたな」

「大事なイブは彼氏と過ごして、クリスマス当日は家族か友達とっていうのも、まぁまぁありがちだね」

「そうなのか」

「うん。まぁ結崎さんのことは一旦横において、折角だし暇なら僕とちょっと遊ぼうよ」

今日はハジメも暇なようで、三代と遊びたいらしい。どうやって暇を潰すか、というのは三代も考えていたところだが……。

しかし、ハジメと遊ぶのは、なんだか志乃を裏切っているような気がして三代は引け目を感じる。

「個人的には構わないんだが、ただ、志乃を裏切っているような気がして申し訳なさを感じるというかだな……志乃が怒るかもしれないからな」

「ちょっと他の人と遊ぶだけで、結崎さん怒るの？　まさかの束縛系？」

「そういう性格だからな」

「でも、僕たちは男の子同士だし大丈夫じゃない？　それにどうこう言うんだとしたら、結崎さんちょっと重すぎるよ。藤原くんがそれに縛られる必要はないって」

縛られている感覚は三代にはないのだが、ただ、ハジメの言うことが一般論として正しいのも理解できる。

志乃の愛が重いのはその通りだ。

だが、三代はそれを知ったうえで付きあっているのだ。

「佐伯の指摘はありがたく受け取っておくが、俺としては、志乃のそういう部分も受け止めて、少しずつ角が取れて柔らかくなるまで支えるのが彼氏だと思うんだ」

「そんな風に自分ばっかり耐えるような真似《まね》してると、凄く疲れちゃうから、今日は僕と遊んで息抜きするのが藤原くんのやるべきこと！」

「お、おいおい話を聞いて――」

「――善は急げ！」

あれよという間にハジメに腕を引っ張られた。

断るべきかどうか迷った三代であったが、ハジメとの良好な関係を壊したくなかった気持ちもあったことで、なし崩しで付きあうことにした。

（……たまにはこういう日があってもいいのか）

三代が軽く頬を掻《か》くと、それを見たハジメが嬉《うれ》しそうに笑んだ。

指も小さく細く、ちらりと服の隙間から見える肌は瑞々《みずみず》しく、薄く漂うハンドクリームやシャンプーの香り……。

今の三代は、もしも志乃に目撃されたら目つぶしを食らいそうな顔をして……まぁそんなことはどうでもいいとして。

三代が連れて行かれたのは植物園だった。遊ぶ、という言葉からは中々連想ができない場所だ。

「……植物園か。てっきり遊園地とかに行くつもりなのかと思ってた」

「遊園地？　どうしてそう思ったの？」

「佐伯はディ〇ニーのアニメとか好きそうな雰囲気あるし、ランドとかシーとか行きたがるのかと思った」

「ディ〇ニーのアニメ好きだし、ランドもシーも嫌いじゃないけど、だって今日は絶対混んでるよ。アトラクション一時間待ちとか嫌だもん」

確かに今日は、家族で遊びにきた、みたいな人たちも多く混んでいそうである。

「なるほどな。クリスマスは家族で出かける人も多いから混む……のか？　志乃も家族で食事に行くわけだしな」

「『……のか？』って、ちょっと変な言い方だね？　藤原くんが自称ぼっちのコミュ障でも家族はいると思うけど、クリスマスに一緒に遊んだりとか、そういうのなかったの？」

「親は仕事が忙しくてずっと家にいなかった。だから、クリスマスは一人で遊んでいた。ジェンガとか人生ゲームをやっていたな」

「ひ、一人で？」

「一人だ」

「……聞いちゃいけないことを聞いちゃった気がする。ごめん」

「そういう気の使い方をされると、俺の精神にダメージが入る」

子ども時代は過ぎ去った過去だ。だから、その時のことをどうこう思ったところで何の意味もない、と割り切ってはいる。

だが、半泣きで鼻水を垂らしながら遊んでいた幼少時の自分を思い出すと、色々とダメージはある。

「本当にごめん」

「もう昔のことだ。俺は何も気にしていない」

「なんだか強がっているように見えるけど……」

「そんなことはない。この話題はもう終わりだ」

三代は本当にどうとも思っていないのだが、ハジメの目にはそう映らなかったようで、なんだか釈然としない表情である。

ただ、三代が話を切ったことで、これ以上の追求は藪蛇《やぶへび》だと判断したのか、ちらりと一度三代の様子を窺《うかが》うに留《とど》めて話題に出さなくなった。

植物園の中に入ると、色とりどりの花が沢山あった。室内での温度や湿度管理を徹底しているらしく、夏にしか咲かない花が綺麗《きれい》な花びらを魅せている区画もある。

「お花って心が洗われるよね……」

「そうか？」

「そうだよぉ。だって、綺麗だし匂いもいいし、それに酸素がいっぱいな気がする！」

「酸素は気のせいだと思うぞ」

「え？」

「植物は光合成を行うが、そもそも光合成には二酸化炭素を必要とするし、酸素が過多になると植物も大変なことになる。植物園では、光合成の為に、今のような日中にむしろ二酸化炭素をあえて充塡している可能性もある」

「……」

「先回りして言っておくが、俯瞰《ふかん》的に見れば、地球上の酸素の総量も簡単には変わらないものだ。地球が回転していることは知っているな？」

「う、うん」

「地球は西から東へ回転している。それによって発生するのが偏西風と貿易風だ。この二つの風は地球が回転運動を止めない限り常に吹いている。この〝常に吹いている〟というのがポイントだな」

「へ、へぇ……」

「ある地域で昼に光合成を行って作られた酸素も、ある地域で夜になって呼吸で作られた二酸化炭素も、主にこの二つの大気の流れによって……」

「学校の授業みたいな話はやめて〜！」

ハジメがぽかぽかと三代の肩を叩《たた》いた。

「い、いや、中学校の理科でも習うような内容であってだな、別にそこまで難しい話でもない」

「そういう話をする雰囲気じゃないってば。わざとやってる？　もっとふわっとした話もできるハズだよ藤原くんは」

ふわっとした話、と言われても三代には難しいのだが……。

志乃の相手をしている時なら、そんな感じの会話もできているが、しかし志乃とハジメは違うのだ。

彼女である志乃への接し方をそのまま流用しても、絶対におかしなことになる。同性の友達ができたことのないぼっちには、難易度の高い要求と言える。

だが、参考になるのが志乃との絡《から》みくらいしかないのも確かであるし、物は試しという言葉もある。

一度だけ、三代はハジメを志乃だと思って接してみることにした。

（……志乃と一緒にここにきたとしたら……そうだな、喜ぶ顔が見たいと俺は思うだろうな）

三代はぶつくさ呟《つぶや》きながら、何かないか周囲を散策した。すると、売店を見つけたので、適当に何かプレゼントしようと三代は考えた。

「売店にいくの？　藤原くん何か欲しいものであるの？」

「ちょっとな。待っててくれ」

「はいはーい」

三代は一人で売店に入った。

生花、食品、小物……意外と品揃《しなぞろ》えが豊富な売店だが、かさばるものや、贈った後に相手が困りそうなものはスルーだ。

例えば生花は見た目はいいが、その後の手入れが大変だ。

食品は幾らかマシだが、それでも箱詰めのものが多くかさばるので、持って帰るのが大変だ。

「……残されたのは小物か」

三代は小物に狙いを定めて色々と漁《あさ》る。ヘアピン、イヤリング、ネックレス、指輪等々あった。

決して造りがいいわけではなく、価格も数百円から数千円程度と安く、いかにも売店にありそうな品々である。子どもなんかに買い与えるような玩具のようなヤツ、というのがわかりやすい表現だろうか。

志乃にこれを贈るかと言われれば……恐らく贈らないが、まぁそこまで厳密に扱いを同じにする必要もないのだ。

三代は少し悩んで、清潔感がありそうな白い花の細工があるヘアピンに決めた。買うと決めてからの行動は早く、急いで会計を済ませてハジメのところに戻った。

「お帰り。何か買ったの？」

「これ買ってきたんだ。佐伯にやるよ。折角一緒にきたから、何か思い出に残るものをと思ってな」

三代はハジメの髪にヘアピンをつけてやった。

「これ……ピン？」

ハジメは驚いて瞬《まばた》きを繰り返しながら、ヘアピンと三代を交互に見やる。いきなりのプレゼントで反応に困っている、といった感じだ。

「結崎さんにお土産を買おうとか、そういうアレじゃないの？」

「いや、志乃に何かプレゼントする時は、なるべく一緒に選ぼうと思ってる。欲しいものは本人に聞くのが一番だし、まぁ俺なりの反省もある」

「反省……？　あっ、もしかして前に言ってたプレゼントの下着？　そっか昨日イブで結崎さんと一緒だったってことは渡したんだ？　反応どうだったの？」

ハジメがクリスマスプレゼントの下着について知っているのは、相談してしまったことがあるからだ。

その時に『大丈夫だと思う』と励まして貰《もら》った。

そういう経緯がある手前、結果報告をしないのも中々に性格が悪いので、三代は素直に教えた。

「……そんなに引かれなかった」

「そっかそっか。引かれなかったんだね。僕の言った通りに大丈夫だったと」

「そうだな。佐伯の言った通りだった。……本当にありがとう」

「いえいえ、どういたしまして」

ハジメは背中で手を組むと、くるりと回れ右をして歩き出した。三代もひょこひょこその後ろをついていった。

それから、植物園の中を一通り見て回ったあと、街中で適当に時間を潰した。気がつけばもう夕方になっていた。

「んー……楽しかった！」

「俺も楽しかった。こういうのは初めてだから、余計にそう思った」

ハジメと過ごす時間は、志乃と一緒にいる時ともまた違う楽しさがあった。友達と過ごす楽しさというのは、きっとこういう感じだろうなと三代は思った。

そう思ったら、ハジメときちんと友達になりたい、という気持ちが湧いた。

陽キャやパリピであれば、気づいたら友達なのだろうが、そこらへんの感覚がわからない三代は言葉に出すことにした。

「あの……さ」

「ん？」

「その……さ」

「何か言いたいことでもあるの？　もう暗くなってきてるし帰る時間だから、言いたいことがあるなら早く言ってほしいな」

たった一言『友達になってくれ』と言うだけなのだが、イザ口に出すとなると中々出てこなかった。

「……大丈夫だから。何か変なことでも僕は怒ったりしないよ？　僕って結構懐《ふところ》が大きい方だから」

そう言われて、最後の一押しを貰えた気がした。三代は意を決した。

「俺と友達になって――」

だが、そこまで言ったところで突風が吹いた。勢いがよいその突風は、ハジメの上着やインナーのシャツも同時にめくった。

その瞬間は、まるでスローモーションのような時間の流れだった。そして、ハジメの胸部まで完全に見えそうになったところで――

「――目っ、目が！　目が！」

なぜか、ハジメに目つぶしされた。お陰で、三代は悶絶《もんぜつ》して地面を転げ回ることになった。

「な、なぜ目つぶしを……」

「いや、ちょっと今のは危なかったなーって」

「危ないって、な、何が？」

「見えそうになったから」

「見えそうって、確かにそんな感じだったが、でも俺たち男同士で……着替えとかだって
『一緒に』って佐伯の方から誘ってくるだろ……俺が拒否ってはいるが……」

「それ、藤原くんは拒否してくれそうな人だなって思ったから、それでからかってただけ
だけどね」

ハジメがぼそぼそと呟くように喋《しゃべ》る。目の痛みに未《いま》だ悶絶していた三代は、小声で言わ
れると聞き取ろうにも聞き取れなかった。

ようやく痛みが治まったのは数分後のことだった。

「い、痛かった」

「ごめんね。つい」

「ついって……」

「だからごめんって。そんなことより、『俺と友達に』って聞こえたんだけど、そんなこ
と言わなくたって僕たちもう友達だよ」

目がまだしょぼしょぼしているが、それでも、夕日を背にしたハジメが嬉《うれ》しそうに笑っていたのだけはわかった。

まだ友達にはなっていない、と思っていたのは三代だけだった。ハジメは前から友達だと思ってくれていたのだ。

それに気づいたら、なんだか急に力が抜けた。

「またね」

ハジメはそう言うと手を振った。三代は苦笑しながら手を振り返して、ハジメの後ろ姿を見送った。

それにしても、先ほどハジメは一体何を呟いていたのだろうか？

男の娘の謎は深まる。

12月26日　挨拶……だね。

1

二十六日がやってきた。

今日は予定通り志乃《しの》の家に行くつもりだが……その前に、今日はバイト代の支払日でもあったので、まず三代《さんだい》は銀行口座の残高を確認した。

「……きちんと入っているな」

働き始めが月初で締め日が十五日。およそ半月分の数万円のバイト代だが、それでも妙な達成感が湧いた。

彼女ともっと楽しい毎日を過ごしたい、と自らの意思で働いて得た初めてのお金は、なんだか特別に感じる。

三代は軽快な足取りで電車に乗ると、一時間ほど揺られた。それから、確かこの駅だった、と志乃の実家近くの駅で降りた。

以前にきた時と比べて、駅前の雰囲気が少しだけ違うように見えたが、それは恐らく時間帯のせいだ。

昼夜で景観が違うように感じるのはよくあることだ。

それはさておき、志乃の家は商店街にある豆腐屋で、すぐそこである。

本当に挨拶しなければならないんだなと思うと、そわそわが止まらなくなる。緊張してきた。

人間、いつも通りではない精神状態の時ほど失敗するものだ。

失言をしてしまったり、挙動不審になってしまったりして、気がついたら大変なことになる。

こういう時は一息《ひといき》吐いて心を落ち着かせるに限る。

三代は自販機で無糖コーヒーを買うと、駅前にあった椅子に座ってすすった。思わず「うっ」となる苦さであったが、お陰で緊張の糸が解け、少し落ち着いてきた。

ふと見上げた空が青々としていた。その広大さの前では、自分が抱いていた緊張がちっぽけに思えた。

なんてことはない。

一時間か二時間くらい話をするだけなのだ。

気づいたらいつも通りの精神状態に戻れていた三代は、「そろそろ行くか」と立ち上がった。飲み終わったコーヒーの缶も、空き缶用のゴミ箱目がけて投げて……すかっと外れて地面に落ちたので、拾って手で入れ直した。

たまたま通りがかかったお婆《ばあ》さんにその姿を見られ、豪快に笑われたが、気にしないことにする。ただ、無視するのも自分が嫌な人間に見える気がしたので、それとなく会釈《えしゃく》はした。

そんなことがありつつ、数分ほど歩くと、結崎《ゆいざき》家が見えてきた。

改めて見ると、それなりに築年数が経《た》っていそうな家屋だ。裕福な家ではない、と以前から志乃本人が言っているので、三代としては『だからどうした』という感じだが。

とりあえず、三代は店に入って声をかけようと思った。だが、店の入り口は固く閉ざされていた。

この場合、どうやって来訪を知らせればいいのだろうか？

前に志乃を送り届けた時に、志乃は鍵を使って店の入り口から入っていた。しかし、当たり前だが三代は店の鍵など持っていないのである。

大声を出す？

ドンドン叩《たた》く？

そんな方法も考えたが、さすがに却下だ。単なる近所迷惑であるし、礼儀もなく粗雑なやり方だ。

まぁ店といえども住居も兼用なのならば、どこかに呼び鈴ぐらいきっとある。

三代はうろうろと呼び鈴探しを始めるが、しかし、一生懸命探しても中々見つからなかった。

店の入り口脇に郵便ポストはあるが、それぐらいだ。

どうしたものか、と三代は再び唸《うな》る。

その時だ。

店脇の小道の奥から、がららーっと引き戸を開ける音が聞こえた。そこから志乃が出てきた。

どうやら、建物の後ろの方に住居用の入り口があったらしい。そこまでは三代も見ていなかった。

「三代遅いなぁ……事故とかに遭ってないよね？　だいじょうぶかな。……ん？」

志乃と目があった。

「……」

「……」

「……店の前でなにやってるの？」

「なにって、その、呼び鈴を探していてな。なるほど。そこに玄関あったんだな」

「もしかして、店の前でうろうろしてた？」

「……だな」

「完璧に不審者じゃん」

「いや、だってほら、志乃は店の入り口から入ってたから、てっきり店の入り口が玄関も兼務なのかと……」

「こっちの玄関立てつけ悪くて音出ちゃうから、夜だと響くし、あんまり音しない店の入り口使ってるだけ……ってゆうか、悩むくらいならチャット飛ばしてくれればいいのに」

ぐうの音も出ない正論に、三代は口をへの字に曲げる。志乃はそんな三代に溜《た》め息《いき》をつきつつも、手を引いて家の中に招き入れた。

「もぉ……事故とかに遭ってるんじゃないかって、あたし心配しちゃってたじゃん」

「悪い……」

「反省してるならよし。……一昨日言った通り、昨日のうちにお父さんとお母さんに三代のことを全部話したからね」

「昨日……家族で食事って言ってたな。その時にか？」

「うん。ちょっと驚いてたけど、旅行の話もして、その前にちゃんと挨拶したいんだって言ってくれた彼氏だからって」

「どんな感じの反応だった……？」

「お母さんは『別にいいんじゃない？』って感じだったけど、お父さんは少し『ムム』ってなってたかな？　でも、だいじょーぶだった！」

志乃はそう言うが、三代はなんだか少し不安になってきた。

母親は大丈夫そうだが、問題は『ムム』っとなったらしい父親だ。志乃の言う『ムム』がどの程度なのか推測が難しかった。

強い反対や拒絶をされたのなら、さすがに志乃もこうした軽い感じには言わないとは思うのだが……。

しかし、大変なことになったからこそ、三代に気負わせない為《ため》に軽く表現している可能性もある。

意外と志乃はそういう気遣いをする性格であるので、三代も微妙に迷ったのだ。

だが、今さら『ちょっと不安だから』とマンションに逃げ帰るつもりもない。元から覚悟は決めている。

廊下の側辺にある襖《ふすま》の前で、志乃が止まった。

三代はごくりと唾を呑《の》み込んだ。

「ここに……お義父《とう》さんとお義母《かあ》さんが？」

「ついでに美希《みき》もいるけど……うん、二人ともいる。開けるよ？」

「わかった」

三代が力強く頷《うなず》くと、すぅっと襖が引かれる。中は畳部屋で、そこに三人が横列に坐《ざ》していた。

右に座っているのが、見慣れた顔の美希。

左に座っているのが、割烹着《かっぽうぎ》を着た三十代の中ほどくらいの女性。志乃の母親だろう。

そして、中央に座っているのが、作務衣《さむえ》を着た……なぜか顔がぼこぼこに腫れあがっている男性が……志乃の父親だろうか。

父親に関しては容姿の判別がつきにくいが、母親については、誰が見ても〝美人〟と言うに違いない美しい女性だった。

人形のような輪郭に、一つの粗もない通った鼻筋。小さく整っている顔に嵌《は》まる瞳は大きく丸くさながら宝石のようで、肌もキメが細かく白磁のようだった。

そして、ものすごく胸が大きかった。ドン、という効果音があっても不思議ではないくらい大きかった。

志乃は以前、豆腐のせいで自分の胸が大きくなったかも、というようなことを言っていたが、原因はそれではなく遺伝ではないのだろうか？

いや、そんなことはどうでもよいのだ。

今はきちんと挨拶をすることだけ考えるべきである。

三代はひとまず頭を下げた。

「初めまして、藤原《ふじわら》三代です。その、志乃……いえ、結崎志乃さんの彼氏をさせて貰《もら》っています」

「君がそうなのか。志乃から話は聞いている。私が志乃の父の大吾《だいご》だ」

とても重要な場であり、雰囲気も重いハズなのだが、志乃の父——大吾の顔がぼこぼこに腫れているせいで全く緊張感がなかった。

「はい。よろしくお願いします」

「まぁそこに座りたまえ」

大吾はよっこらしょと立ち上がると、ぽいぽいっと座布団《ざぶとん》を置いてくれた。三代はお礼を一言述べてから座った。志乃も三代の隣に座る。

「あの……突然なんですが、一つお訊《き》きしてもよろしいでしょうか？」

三代はおそるおそる、先ほどから気になっていることを最初に訊くことにした。

「ん？　なんだね」

「その……なんといいますか、どこかで蜂に刺されたりとか、転ばれてしまったりとか……そういう……」

三代が迂遠《うえん》に『どうして顔が腫れているのか』を訊こうとすると、大吾の両脇の二人が横を向いて「ふっ」と笑った。

そして、志乃が射貫《いぬ》くような目で大吾を見つめた。

何か……あったようだ。

だが、それを聞き出せそうな雰囲気でもなく、三代は押し黙った。

「少し色々あってな。君が気にすることではない」

詳しく訊くな、という無言の圧力を大吾から感じた。

少しだけ場がピリっとした空気になった。

すると、志乃の母が苦笑しながら立ち上がり、お茶を注いで三代の前に置いた。

「はいどうぞ」

「すみません」

「いえいえ。それより、本当に志乃から聞いた通りの感じなのね、藤原くんは。……言わなくても分かると思うけど、私は志乃のお母さん。子子《ねこ》って言うの。子の字を二つ書いて子子。私結構自分の名前が好きだから、気軽に子子って呼んでね」

わかりやすく、そして覚えやすい名前である。雰囲気も柔らかく、優しそうな感じの人でもある。

だが、そうした第一印象通りの性格ではないような気もする。

一緒に生活しているという環境から、子は親の影響を強く受けやすい、とも言われる一般論を踏まえると、子子が志乃とも美希とも全く違うというのは腑《ふ》に落ちないところがある。

大吾はなんとなく、美希に似た空気感があるのを感じるが……。

三代の家のように常に離れているのであれば別だが、結崎家は忙しいながらも家族の時間をきちんと取っている。家族間での影響が少ないのは考えづらく……つまり、子子は猫を被《かぶ》っていると見るのが妥当だ。

だが、子子の本性はそこまで重要ではない。志乃との交際に反対、という雰囲気でもないのであれば詳しく知る必要がないのだ。

だから、そんなことよりも、三代としては志乃が一体どのように自分のことを説明したかの方が気になっている。

聞いていた通り、という言葉から察するには、過大でも過小でもなくありのままを説明してくれていそうではあるが……。

「ほら大吾さん、そんなブスっとしてないで、聞きたいことがあるならさっさと聞きなさい」

子子にそう言われ、大吾は腕を組んで三代を改めて見やる。

「なんだ、その、志乃と彼氏彼女で旅行に行きたいそうだね？」

志乃は全部説明したと言っていた。その言葉通りに、交際のことも旅行のことも、全部両親に伝えているようだ。

「はい。勝手に行くのは駄目だと思いましたので、きちんとご挨拶をして、それで認めて貰ってから行こうと考えていました」

「なるほど」

「駄目……ですか？」

「お金はどうするんだ？」

「俺が全額出します。アルバイトをしているんですが、そもそもアルバイトを始めた理由が、志乃さんと思い出作りをしようとした時に、やっぱりお金が必要だと思ったからです」

「そうだな。お金は何にでも必要だ。……ふむ」

大吾は顎をひと撫《な》でしながら、値踏みするような目で三代を見る。

顔は大変なことになっている大吾だが、それでも不思議な貫禄《かんろく》のようなものを感じるのは、やはり父親としての責務が背景にあるからだろうか。

だが、そう感じているのは三代だけなのか、美希はくっくと笑いながら大吾を見ているし、子子と志乃は呆《あき》れたような顔をしていた。

「ふむ……なるほど、藤原くんがしっかりした考えを持っているのはわかった。ふむ……ところで、親御さんはどういう方かな？」

娘の彼氏の親というのは、父親として気になるものなのだろうか？　大事なのは本人がどうであるかではないだろうか？

だが、知りたいと言うのであれば、特別に隠す必要があることでもない。三代は素直に答えた。

「まず、父と母は日本におりません」

「海外の方なのかな？」

「い、いえ、どちらも日本人です。仕事で海外にいるんです」

「……なるほど。それで、そのお仕事とやらは一体なにかな？　まさか犯罪シンジケートの密売人とかではあるまいな？」

映画の見過ぎではないだろうか、と呆れそうになる発想の飛躍だが、大吾は志乃の父親だ。そういう突っ込み方をして、機嫌を損ねてはいけないのだ。

「父も母も火山学者です。二人で共同研究をしている、という感じです」

三代が嘘偽《うそ》りなく事実を述べると、大吾が、子子が、美希が、そして志乃も「ん？」と眉根を寄せた。

しばし流れた沈黙を破ったのは大吾だ。

「親が火山学者で苗字《みようじ》が藤原……もしかしてだが、藤原くんのお父さんのフルネームは藤原二代《にだい》かな？　アイスランドとかいう国に住んでいる？」

大吾の指摘は正しく、フルネームも居住地もその通りだった。

だが、大吾と二代には何の接点もないハズだが、どうして知っているのだろうか？

「藤原二代は確かに父です。知っているんですか？」

「一週間くらい前だったか……テレビで自然災害の特集をやっていたんだが、それに出ていた火山学者とやらの名前がそうだったんだ。災害の時の備えの勉強になると思って録画もしていたんだが……少し待ってくれ……ええっと、これだこれ」

志乃の父はテレビのリモコンをピピっと操作すると、軽快なＯＰのＢＧＭが流れドキュメンタリー風の自然災害の特集番組が始まった。

番組の背景画面に、三代の目が釘付《くぎづ》けになった。黒ぶち眼鏡をかけた白衣の中年男性が映っていたのだが、まさにそれが三代の父だった。

——迫りくる温暖化の波。絶えず世界のどこかで起きる洪水や大干ばつ。自然災害とは切っても切り離せない日本も、決して他人事《ひとごと》ではありません。本日は日本でも起こりうる〝もしも火山の大噴火が起きてしまったら〟を考えていきたいと思います。解説役としまして、火山学者の藤原二代教授と映像が繫《つな》がっております。

——初めまして、藤原二代です。よろしくお願いします。

——よろしくお願いします。……藤原教授は現在アイスランドに在住されておりますので、直接中継を繫いでおります。

——直接日本に行けたらよかったのですが、色々と航空機の時刻の関係もありまして、間に合わなさそうだと思い、このような形になりました。ご迷惑おかけしております。

——いえ、こちらこそ、お忙しい中ご解説をお受け頂きましてありがとうございます。

——お役に立てれば幸いです。

——本日ご解説頂く藤原教授ですが、マサチューセッツ工科大学、通称ＭＩＴの自然科学系の学部をご卒業され、そのまま同大学大学院へと進み博士号を取られた方です。様々な研究機関を渡り歩き、その間に発表された幾つかの論文が評価され、昨年の国際フォーラムでは各国首脳から意見を求められるなど、現在、日本国籍保有者としてノーベル賞に最も近い人物と言われて……。

テレビの画面に父親が映っているなんて、三代は思いもしていなかった。なんだか現実感がなかった。

「この人が……藤原くんのお父さんかな？」

「です……ね」

「ノーベル賞取っちゃう感じの人なのかい？」

「それはちょっと無理じゃないですかね……。両親の仕事のことは詳しくわからないのですが、恐らく色々と盛ってるんじゃないかと……」

二代からも母からも、三代は仕事の話を詳しく聞いたことがなかった。学者をしている、というのを漠然と知っているくらいだ。

三代が視線を逸《そ》らすと、大吾は無言ですっくと立ちあがり、くいくいっと手招きで子子と美希を呼んで廊下に出た。

志乃を除いた三人で家族会議をするそうだ。

「俺……何か変なこと言ったかな？　けしからんヤツだ、とか思われてないよな？」

三代が話しかけると、志乃はハッとした。

「え？　あっ、お父さんのこと？　や、だいじょーぶ」

「本当に？」

「うん。お父さん意外と真面目だから、三代がちゃんとした男の子なのかとか、そういうの気にしてたけど……実際に会って変な男の子じゃないってわかったと思うし、あとは『なんか凄《すご》そうな教授の息子』ってわかって逆に戸惑ってるんだと思う」

「そ、そうか」

「うんうん。ってゆうか、三代のお父さんのお仕事のこと、あたしも初めて知ったとゆうね」

「前に言ったことなかったか？」

「『お父さんから連絡きたから返す文章どうしよー』みたいな話を三代からされてアドバイスしたのは覚えてるけど、その時に、何のお仕事してるのとかあたしも聞かなかったし聞く必要もないと思ったし」

「……俺の親についてあんまり気にしてなかった？」

「気にはなってたよ？　直接会って挨拶をしたいとか思うしね。でも、あたしが好きなのは三代で、三代のお父さんの職業とか肩書きは関係ないじゃん。……人を好きになるのにそういうのが気になる子もいるんだろうけど、そんなことを考えて好き嫌いを決められるほどあたしが賢いと思うの？」

「そう言われると……」

「好きって気持ちにあれこれ理由つけると、あたしの頭では処理しきれなくなるから、余計なことは考えなーい」

開き直りのようにも聞こえるが、そうではなく、単に自分自身をよく理解しているからこその言葉だ。

志乃を見ていると、あれこれと考えがちな自分がいやらしい人間であるかのように思える時がある。

時々、自分のような人間が彼氏でいいのだろうか、と突然不安になる時がある。志乃にはもっと相応《ふさわ》しい男がいるのではないだろうか、と思う時もあるのだ。

だが、三代がそれを口にすることはない。

付きあうキッカケを作り告白してくれたのは志乃の方だが、今では三代もすっかり志乃のことが大好きだ。

だからこそ、手放したくなくて、そうなるかもしれない可能性を排除している。

大人ぶることが多い三代だが、その実、気持ちを暴走させがちな志乃とはまた違った厄介な内心を抱えていた。

自分自身のそうした面倒な側面に三代は気づいている。だが、素知らぬ顔をして見なかったことにしていた。

それを認めてしまうと、自分を抑えきれなくなる気がしていた。

以前に中岡《なかおか》に言われた『人間は多面的な生き物だ』という言葉が、今さらになって骨身にしみる。自分自身がまさにその通りだ。

「どしたの？　お腹《なか》でも痛いの？」

「お腹は痛くないが……俺そんな顔してたか？」

「してた。喩《たと》えるなら……なんだっけ……ほら、あの座って顎に手当てて る銅像あるでしょ？　美術か何かで習った気がするアレ」

「ロダンの〝考える人〟か？」

「それ！　何か考えごとあるなら、折角だし、ちょっとその〝考える人〟にもっと寄せてみて」

「脈絡がなさすぎないか？」

「やって」

「絶対？」

「絶対」

絶対だそうなので、仕方なく三代は〝考える人〟と同じポーズを取る。

「こんな感じか？」

「教科書で見たヤツは目も瞑《つぶ》ってた気がする」

ロダンの〝考える人〟が目を瞑っているのかどうか、そこまで細かくは三代も覚えてはいなかった。

そこまで記憶している人も少ないだろう。

だが、ムキになって拒否する場面でもないので、三代は大人しく瞼《まぶた》を閉じた。

すると――ちゅっ――と唇にキスされた。

「……騙《だま》したな？」

三代がゆっくりと瞼を上げると、ちろっと舌を出して笑う志乃がいた。

「ふつーに考えて、目を開けてたかどうかなんて、教科書まともに見ないあたしが覚えてるわけないじゃん」

まったくもってその通りであるし、それに、志乃がこういうことをしそうな予感はあった。そのうえで三代は大人しく言うことを聞いたのだから、つまり、心のどこかで期待していたのだ。

「なんか三代のほっぺた赤い！　嬉《うれ》しかった？」

三代が短く頷《うなず》くと、その反応を待ってましたと言わんばかりに志乃《しの》がにやにやした。

こういう方面で手玉に取られるのは諦めているが、しかし、お互いに初めての恋人同士だというのに手練手管にこうも差が出るのはなぜなのか。

三代からすれば溜《た》め息《いき》を吐《つ》きたくなる。

しかし、それはあくまで三代の側から見た感想に過ぎず、志乃の側に立って三代を見るとまた違った見え方になる。

平然とした顔で主導権を握ろうとしたり、こちらがドキドキするようなことを何気ない仕草で魅せたり、志乃の側から見ると、三代はそういう男の子に見えたりもするのだ。

要するに『お互いさま』というヤツだ。

――何をやっとるんだ……志乃は。お父さん、志乃が『男の子苦手だし』とか普段から言っていたの覚えているんだが？

――おねえちゃんが男の子苦手なのは、かわってないと思うよ？　ただ、あのおにいちゃんが〝特別〟なんだよ。

――志乃があんなに男の子にべたべたしているの、私も初めて見た。

――……。

――大吾さん何を黙ってるの？　藤原くんのお父さんのこと？　私もびっくりしたけど、大吾さんも『たまげた人の息子を彼氏にしたもんだなぁ』とか思ったでしょ？

――……それは。

――変なヤンキーみたいなの『彼氏』とか言われて紹介されるより、ずっとマシでしょう。少なくとも私はホッとしてる。『俺が彼氏ッス。よ・ろ・ぴ・く・ね～』とか言い出すタイプを彼氏として紹介されたら、泡吹いて倒れる自信あるもの。

――それは同じ気持ちだが……でも、お父さん寂しいんだもん。志乃はお豆腐も食べなくなって……お父さん寂しいんだもん。

――大吾さん、急に気持ち悪い喋《しゃべ》り方にならないでくれる？

――おとうさん、だいじょーぶだよ。おねえちゃんが大人になっても美希がいるよ。だからお小遣いちょーだい。

　さて、志乃を除いた結崎家がどのような家族会議を行ったのかはわからないが、三人揃《そろ》って戻ってきた。

「えー……藤原くん」

大吾は腕を組んで座ると、『ふむ』と唸《うな》った。三代は反射的に背筋をぴっと正した。

「話を元に戻すが、志乃と旅行に行くという話だったね？」

「は、はい」

「うーむ」

大吾は顎を一度撫《な》でる。二度撫でる。そして三度——撫でようとしたところで、子子にばちこーんと頭を叩《たた》かれた。

「あ〜もう、我慢してたけど限界！　さっきから娘の彼氏になんなのその態度は！　答えは昨日のうちに出しているんだから、もったいぶらずに藤原くんにさっさと伝えなさい！」

「痛ぁ……」

「何が『痛ぁ』よ。無駄に答えを引き延ばされている藤原くんの心の方が『痛ぁ』ってなってるわよ。……ごめんなさいね藤原くん。こんな子どもみたいなおじさんが彼女の父親で」

「い、いえ大丈夫です……」

「本当にもうこの変なおじさんは……」

子子から『変なおじさん』と呼ばれた大吾は、反論することもなく、ただただ小さくなった。

どうやら、既に決まった答えを無駄に引っ張っていたようだ。

もしかすると、ここは怒るべき場面なのかもしれないが、大吾にも父親として色々と思うところがあるのだろうと思うと、三代は何も言えなかった。

むしろ庇《かば》いたくなってきた。

「そんな変なおじさんだなんて……その、やはり父親として思うところがあるのは想像がつきます。素敵なお父さんではないでしょうか？」

「ありがとうね、そんな風に言ってくれて。ほら大吾さん、散々嫌がらせみたいなことしたのに、藤原くんは爽やかな顔して『素敵なお父さん』ですってよ」

豹変《ひょうへん》激しい子子だが、元々猫を被《かぶ》っていそうな感じはあったので、三代は特に驚かなかった。

やはり、というのが素直な感想だ。

それにしても、自らの旦那に遠慮なく文句を言う子子を見ていると、どことなく志乃に通じるものを感じる。

そして、それを感じたからこそ、三代にはなんとなくわかったことがある。

（多分……志乃と同じようなポイントで機嫌を悪くする人だよな？）

志乃も三代にあーだこーだと言ってくる時もあるが、それでも明確に〝好き〟の気持ちを過剰なくらいに向けてくれる。

子子も恐らく同じだ。

自分以外が好きな人を悪しざまに扱うことを許さない、という性格の可能性が非常に高いのだ。

そういう意味では、大吾のことを褒めたのは正解だった。

変なおじさん、というワードに同調していたら、大変なことになっていた可能性がある。

「大吾さん自分の口から言えないみたいだから、かわりに私が伝えるわ。交際に反対もしていないし、旅行も自分たちのお金で行くなら好きにして大丈夫」

それが答え、と子子が言った。

三代はホッと胸を撫でおろし、それを見た志乃がくっくと笑った。

「そんな心配しなくても、だいじょーぶってあたし言ったじゃん」

「そう言われてもな」

「ってゆうか、さっきから三代ガチガチに礼儀正しくみたいな感じにしてるけど、最初にそんな姿を親に見せちゃうと、ずっとそれ続けなくちゃいけなくなって疲れるだけだと思うけどね。会うことが少ない相手なら、それでもいいとは思うけども」

「……ちょっと待て、その言い方だと、俺は頻繁に志乃のご両親と会うことになる？」

「なるんじゃない？　だって、もうあたしの家にくるのに気を使わなくていいんだから、送ってくれる時に堂々と家までこれるでしょ？」

それはその通りだ。期末テストの時を除いて、三代はいつも志乃を送る時には駅までだったが、今日の挨拶を済ませたことで堂々と家まで送れるようになったのだ。

なんだか、大きな山を一つ越えた感がある。

それにしても……期末テストの送りの時にも思ったことだが、三代にとって結崎家の雰囲気がなんとも眩《まぶ》しく見える。

三代とて親と不仲なわけではないし、たまにだが連絡も取る。だが、結崎家のように楽しい空気があるわけではなかった。

もちろん、それが仕方がないことであるのは三代も理解している。両親の仕事の内容を考えれば、家はおろか日本にすらいないことが多いのは当たり前だ。

家族の仲を大事にしてほしい、と親に向かって言うのは簡単だが、両親の仕事は災害にも関係することだ。『世界中の人たちを助けることになるお仕事なんだ』と言われると、強く言えなかった。

友達が欲しいという理由で買って貰《もら》ったゲーム機も、理由はそれだけではなかったかもしれない、と三代は今になって思う。

心のどこかで、親に甘えたいという気持ちもあった気がする。

「……よしよし」

三代が俯《うつむ》いていると、志乃が背伸びをして頭を撫でてきた。

「……なんだ急に」

「なんか甘えたそうな雰囲気出してたから」

こういう時、いつもなら「そんなことない」と否定するのが三代だ。しかし、今は少し違った心境だった。

「甘えたそうって、そんなこと……なくもないか」

「え？……珍しい反応」

「俺もたまにはこうなる」

「おっきなベイビーになるの？　ばぶばぶ」

「……ばぶばぶ」

「ちょ、ちょっと～」

「冗談だ冗談。ただ、その、俺は家族がどうとかよくわからなくて……うまく言葉にできないんだが、志乃の家族を見ていたら〝いいな〟って思って……」

三代が苦笑しながら言うと、志乃は大きくて丸いその目を見開いた。そして、もう一度三代の頭を撫でた。

「……よしよし」

今の志乃が何を考えているのか、三代にはわからなかった。普段なら察しくらいはつくのだが、今だけはそれも無理だった。

ただ、優しい気持ちだけは伝わってくる。

（……情けないな俺は）

三代は自分が支える側だと思っていた。

ある程度のことは折り合いをつけて処理ができるし、わりとそつなく色々とこなせるから、喜怒哀楽が激しく苦手なことも多い志乃に合わせる側だと思っていた。

だから、気づかなかった。

三代が志乃を支えたいと思うのと同じように、志乃が三代を支えたいと思ってくれていることに。

「……落ち着いた？」

志乃のあやすような言い方が様になっているのは、妹の美希がもっと小さい頃から相手をしてきた中で培《つちか》ったものなのだろう。

完全に立場がいつもと逆転してしまっているが、こうしてみると、意外と志乃の方が三代よりも大人であるようにも見えてくる。

まぁいずれにしても、ご両親へのご挨拶という一大イベントは特に問題が起きることもなく終わったのだ。

あとは旅行の日を待つばかりである。

——なんだあの雰囲気は……。

——なんか〝二人のセカイ〟ってかんじ。お砂糖のかたまり食べさせられてるみたいで、はきそうだよ美希。

——なんかドラマみたいな空気ね。

——……ちょっと話が逸《そ》れるんだが、ほんの少しでいいから文句言える感じの男の子が志乃の彼氏だった方がお父さんとしてはよかったな。その方が、怒ることができる——いたた、痛いっ！　耳を引っ張らないでくれ！

——娘の恋愛に首を突っ込もうとするのはやめなさい。子どもはいずれ親から離れていくのだから、逆に応援してあげるの。昨日も『駄目だ駄目だ』なんて言って、それで志乃が泣いて怒って……大吾さんどういう目に遭った？

――……志乃にグーで顔殴られた。

――それで顔パンパンになったんだものね。

――……だって寂しかったんだもん。

――娘たちがいなくなったって、私がいるでしょ私が。私も大吾さんのこと殴りたくなってくる。

閑話休題②：俺も迂闊《うかつ》だったな。

1

――なんかシフト表が間違ってたみたいで、今日あたし休みになっちゃった。

――暇だから、三代《さんだい》のバイト先に遊びにいくね。

志乃《しの》からそんなチャットが飛んできたのは、突然のことだった。三代がバイトの休憩時間にスマホでニュースを眺めていた時のことである。

「え……」

三代の額に滲《にじ》んだのは脂汗である……。

絶対に志乃が自分のバイト先にくることがないよう、三代はシフトを日頃から調整していた。

だからこそ、志乃が変な誤解を招きかねないハジメや小牧がいるにも拘《かかわ》らず、「時間があうなら遊びにきていい」と三代は前に志乃に言ったのだ。

それが、志乃のバイト先側の不手際《ふてぎわ》で、あっさりと全て水泡に帰した。

だが、考えてもみれば、起こりうる事態ではあったのだ。こうした展開になる可能性はゼロではなかった。

起きるわけがない、と高を括《くく》っていた三代が愚かであったのだ。

できることならチャットを見なかったことにしたいが、そんなことをしたところで、志乃がいきなりやってくるだけだ。

三代は最大限に脳みそをフル活用し、志乃に来訪を諦めさせる方法を探った。

しかし、そんな都合のよい奇策など見つかるわけもなく、結局のところ、志乃はやってくることになった。

苦肉の策として三代が取った手法は、ハジメと小牧に状況を説明して、協力を仰ぐことだけだった。

「藤原《ふじわら》くんの彼女って、そんなに嫉妬しやすいの？　写真だとそんな感じの子には見えなかったけど」

「僕は結崎《ゆいざき》さんが束縛系って聞いてたので、特に疑いませんけど……とうとうやってくるんだ、って感じですね」

志乃の性格について話をした時もあるハジメからは、すぐに理解を貰えた。だが、あまりそういう話をしたことがない小牧には半信半疑な顔をされた。

ただ、三代が日ごろ真面目に仕事をしていることもあって、嘘《うそ》を吐くような男の子ではないから、と小牧も信じてくれることになった。

そういうわけで、二人とも協力してくれるそうだ。これも普段の信用と信頼の蓄積の賜《たま》物《もの》だろうか。

やはり人間最後に大事なのは真面目さであり、なるべく日頃から誠実でいることを心がけようと三代は改めて思うのであった。

2

志乃の嫉妬の対処法は、仲がよいところを見せない、というのが大事だ。非常にシンプルだが視覚的にわかりやすく、志乃も余計な疑いを持ちにくいのだ。

志乃がいる間は業務上必要最低限以外の会話をしない、というのがハジメと小牧から得た合意だ。

そろそろ、志乃がくる時間になった。

三代がハジメと小牧を見ると二人とも頷《うなず》いた。小牧はなるべく事務所に引きこもってそもそも姿を見せないようにするらしく、どうしても傍《そば》で仕事することになるハジメについては、ちょっと陰な感じで行くそうだ。

さて、まもなくしてニコニコ笑顔の志乃がやってきた。

「やほ」

「きたか」

「きたよー。ふふっ、水族館仕様の作業着姿の三代、珍しいから写真で保存保存と」

初めて見る三代の作業着姿に、志乃は少し興奮気味だった。スマホで色々な角度から撮り始めた。

「一応仕事中だからな、あんまりそういうのは……な？」

「そっか。そだよね。大人しく三代のバイトが終わるまで眺めるだけにする……ん？　そこにいる三代と同じ作業着の女の子なに？」

志乃は、三代の近くで掃き掃除をしていたハジメを見つけ、すぅっと目を細めた。ハジメは志乃の視線にビクッとしたが、すぐに掃除を再開していた。

「結構広い水族館だからな。二人一組なんだ」

「そうなんだ？」

「そうだ。それと、女の子じゃなくて男の子なんだ」

「うそー！　だって、女の子にしか見えないよ？　匂いも新作のヤツっぽいし」

志乃に顔を覗《のぞ》きこまれ、さすがにこれはスルーできないと踏んだのか、ハジメは小さく言葉を返した。

「ッス」

ハジメは、いつもとは違う喋《しゃべ》り方と、二オクターブくらい下げた感じの声を出した。頑張って陰を演出している。

「女の子だよね？」

「な、なんスか？」

「女の子なのに、なんで男の子のフリしてるのかなーって」

「自分男の子っス」

「いい匂いするけど、それアナスイかジルの新作のシャンプーの匂いだよね？」

「え？　あー……自分には姉がいて、そ、それ使わせて貰《もら》ってるっス」

志乃がやたらハジメに絡《から》んでいる。

助けに行きたいのは山々だが……下手に手を出すと、志乃がどのような反応を示すかわからないので、ハジメに全てを託す他になかった。

（頼んだ佐伯《さえき》）

三代は心の中でそう呟《つぶや》きながら、自分の仕事をこなし始めた。

「えっと、藤原くんとさっき仲良さそうでしたけど、彼女さんスか？」

「そうだよ」

「藤原くんが羨ましいっス。凄《すご》い美少女で、きっと藤原くんは他の女には目もくれないっスね」

「そう思う？」

「思うっス」

「そっか。お仕事の邪魔してごめんね」

「とんでもないっス」

「最後にこれはお願いなんだけど……三代に変に近づいたりとかはしないでね？」

「じ、自分こんな性格なんで、藤原くんと会話もそんなにしないっス。顔が怖いっス。それじゃ仕事あるっスからこの辺で」

三代が自分の仕事をこなし始めてから、少し志乃とハジメから距離を取っていたこともあり、二人がどんな会話をしていたのか聞こえなかった。

ただ、ハジメはうまくやり過ごしてくれたようだ。志乃はハジメから離れて、遠目に三代を眺めてニコニコするようになった。

どうしても外せない用事があったのか、たまに小牧が出てきて廊下ですれ違う時もあった。

小牧は三代のお願い通りに話しかけてはこなかったものの、なんだかすれ違う度に趣《おもむ》きの違う変な表情になっていた。

もっとも、それが功を奏したのか、最初は睨《にら》むような視線を小牧にも送っていた志乃が途中から「変顔するただの変な人」と認識するようになって収まった。

3

「はぁ〜疲れた」

「僕も疲れました。実物の結崎さん写真よりずっと綺麗《きれい》だったけど、色々な意味で圧もめちゃくちゃ強かったぁ」

「それね。私も睨まれた」

「本当に藤原くんのこと好きみたいですね」

「そんな感じだったね」

バイトが終わりの時間になり従業員室に戻ってきた三代は、ハジメと小牧に改めて頭を下げた。

「本当に助かりました。小牧さん、ありがとうございました」

「いえいえ」

「佐伯も本当にありがとう」

「どういたしまして」

三代はタイムカードを押して、それから慌ててトイレで着替えた。出口に向かうと志乃が待っていてくれた。

志乃は、上目遣いでたっぷり五秒間三代の表情を窺《うかが》ってから、ゆるりと前を向いた。

「お仕事おつかれさま。今日はあたしが奢《おご》るから、何か食べてからかえろ」

「いいのか？」

「いいよ」

「……そっか。じゃあお言葉に甘えるか」

無事、難局は乗り切った。

そんな確信が三代には芽生え、同時に安堵《あんど》感も湧いた。ホッとした。

12月28日～12月29日　やっとスタートラインなのかもね。

1

温泉旅行当日、三代《さんだい》は午前六時に起床する予定だったのだが、実際に目が覚めたのはそれから三十分ほど遅れた頃だった。

昨夜中々寝つけず、ようやく眠れたのが午前三時であったので、きっとそのせいである。早めに寝るべき、というのは頭ではわかっていたのだが、旅行前夜ということもあり不思議な高揚感を覚えてしまったのだ。

致命的な寝坊ではなく、時間に余裕はあるので問題はないが、しかし睡眠時間が短かったせいで眠気があった。

二度寝したいところだが、そんなことをして寝坊でもしたら目も当てられない。きちんと起きるべきだ。

顔を洗ったり歯を磨いたりしてから、三代は志乃《しの》から貰ったカシミアのマフラーを首に巻き、昨日の内に中身を詰めて用意しておいた旅行鞄《かばん》を持って、待ち合わせ場所にした駅へ向かった。

駅には結構な数の利用客がいた。時期が時期なので、帰省等で遠方の実家へ帰る人も多いようだ。

だが、朝方なのでまだマシな方だ。昼になればもっと人が増え、まさにごった返す状況になりうる。

その時間帯には駅にいたくない。活気があるを通りこしたレベルの混雑は、さすがに精神的に疲れる。

「どれにしようかな……」

眠気覚ましに三代は駅の自販機で缶コーヒーを買って飲んだ。やはりカフェインが効くというのもあるし、地味にコーヒーが好きというのもある。

勉強等《など》の休憩時間のお供もいつもコーヒーだ。

だが、コーヒーの飲みすぎで胃に穴が空いた、なんて話を聞くこともある。ガバガバ飲むのはなるべく控えたいところである。

ちびちびとコーヒーを飲みながら、志乃がくるまでやることもないので、三代はスマホで新作のライトノベル情報を収集し始めた。

「来月の新作……数が多いな。そうか受賞作とかも出る時期か。なんかもの凄いタイトルもあるな。『明日と昨日の交差点で出逢《であ》った君。コスプレ好きな美少女かと思ったら実は魔法少女で、そんな君の真の姿がオッサンだったので俺は泣きました』……インパクトはあるが、これ見たいと思わないんだが―

出版社なりの冗談なのか、それとも真剣に悩んで決めたタイトルなのかはわからないが、これはさすがにスルーだ。

「ん？」

ふいにチャットが飛んでくる。志乃からの連絡で内容は『もう着くよ』だった。三代はスマホをホーム画面に戻して志乃の到着を待った。

数分後にやってきた電車から、志乃が降りてきた。今日の志乃は完全にお出かけ仕様の私服で少し新鮮だ。

毛糸の帽子、ニットのワンピース、細く長い脚を強調する黒タイツにブーツ、そして旅行用の鞄にレディースの桃色のリュックを背負っている。

子どもっぽいようでいて、意外と大人っぽくもある雰囲気だ。

「にゃー」

志乃は猫の手を真似して、猫のような朝の挨拶をした。志乃のこういった行動に特別な意味はなく、ただなんとなくやってみた、というアレだ。

こういう言動にはどう反応すればよいのか、と深く考える必要はなく、ただ合わせるだけでよいのである。

「にゃー」

「にゃにゃにゃー」

「にゃにゃにゃにゃー。今日も可愛《かわい》いな」

「うん！　コーデ頑張ったからね！」

「頑張ってくれてありがとな。だが、それだと首が少し寒いだろ？　ほら」

言って、三代はマフラーを半分解いて志乃の首に巻いた。志乃はこのマフラーが自分が贈ったクリスマスプレゼントだと気づいた。

「このマフラー、あたしがプレゼントしたやつだ！　こうやってちゃんと使ってくれるの、嬉《うれ》しいな。……マフラーぬくぬくであったかい」

「俺の首で温めておりましたゆえ。殿」

「うむ。くるしゅうないぞ——って、殿じゃなくて姫！」

「申し訳ござらぬでござる姫」

そんなおふざけを混ぜた会話を挟みつつ、二人は目的地の温泉方面へ向かう電車が止まるホームへ移動した。

新幹線と在来線のどちらを使うかで少し悩んだ。どちらも目的地で停車する。だが、折角の旅行なので、道中も観光する為《ため》にあえて在来線の各駅停車を使うことにした。

もちろん、全ての駅で降りて観光する時間はないので、特に気になるところだけに絞って三十分くらい見て回るだけだ。

短い時間だが、それでも意外と楽しめる。

地域ごとに違いもあって、洋風だったり和風だったりで、そんな雰囲気を感じるだけでも面白かった。

ただ、全てが異なっているわけではなく、たった一つだけ共通する点がどの地域にもあった。

売る気があるのかないのかわからない、そんなお土産が必ず存在する。

「変な土偶みたいなの売ってる」

「それ土偶じゃなくてトーテムポール」

「これ買う人いるの？」

「いるから置いてるんじゃないか？」

「絶対いないって。よく見て製ぞー日」

「……五年前なんだが」

五年間も売れずに店頭に置かれている現実を知ったら、このトーテムポールの製作者は何を思うのだろうか？

悲しくてむせび泣くのか、それともビジネスだからとくに気にしないのか……。

三代としては、人間味があってくれた方が印象がよいので、願わくば前者であってくれた方が嬉しかったりする。

こんな風に様々な街を観光しながら次の駅へと進んでいくと、見える街並みも徐々に閑散としていった。

温泉宿の予約を取る時に、『空いていそうなところ』を三代は狙ったが、どうにも山奥にあるらしい。そこまで詳しくは確認していなかった。

電車も乗り換えを繰り返す度に車両がどんどん短く古臭くなる。最終的には一両編成で乗車客が三代と志乃の二人だけになっていた。

志乃は特に文句を言わなかった。実家がそこそこ地方だということもあって、こうした景観にも慣れがあるようだ。

電車が長いトンネルを抜けた。すると、あたり一面が真っ白になった。雪景色だ。

「うわ、凄《すご》いまっしろー」

「川端康成が、〝長いトンネルを抜けるとそこは雪国であった〟って文章を書いたが、まさにそれが似あう景色だな」

「かわばた……？」

「文豪的な人だな。現国の教科書にも名前載ってる」

「あたし教科書とか見ないから……」

「なるほど」

電車が徐々に速度を落とし始めた。トンネルを抜けてすぐに駅があるらしく、ややあって完全に停車した。

駅名を見てここが目的地だとわかったので、二人は降りた。それからすぐに、完全に無人となった一両編成の電車が、きぃきぃとレールを軋《きし》ませる音を出しながら揺れて、更なる山奥を目指して運行を再開した。

「着いたー」

「着いたな」

空を仰ぐと、太陽が半分ほど沈みかけていた。うっすらとした暗がりと静寂も広がりを見せており、こうなると夜になるのもあっという間だ。

土地勘があるわけではないので、二人は寄り道せず旅館に行ってチェックインを済ませることにした。

「それでは、こちらにお名前とご住所、お電話番号、ご本人さまであることを証明するサインのご記入をお願いします」

フロントで宿泊者名簿への記入を求められたので、一つ一つ空欄を埋めて提出した。サインは筆記体で三代のフルネームを書いた。

チェックインの時に宿泊料の支払い、というところも多いが、今回は密《ひそ》かに三代が振り込んで払っていたこともあり、支払いのやり取りはなかった。

ご自由にどうぞ、とロビーに置かれていた館内の案内図を貰《もら》いつつ、三代と志乃は受け取った鍵を手に予約した部屋を求めて旅館内をさまよった。

思っていたよりも大きな旅館なようで、本館、別館、その他にも特別館とかいうのもあるようだ。

特別館は高級志向らしく、全て個室の露天風呂《ろてんぶろ》付きの部屋になっているそうで、料金も一泊最低十万円からとなっている。

「最低が十万円からって……こういう部屋に泊まる人って、どういう人間なんだろうな」

「お金持ちじゃない？」

「そりゃそうだろうが、お金持ちにも色々種類あるだろ。多分。……やっぱりこういうところに泊まってみたいとか、志乃は思うか？」

「一番大事なのは、どれだけお金を使った贅沢《ぜいたく》ができるかじゃなくて、一緒にいたい人と一緒にいることだとあたしは思うけど？」

「そっか。そうだよな。……それにしても、思ってた以上に静かな旅館だな」

館内は人の気配が少なく、他の宿泊客の姿もあまり見なかった。たまにすれ違う人がいるが、基本的に静寂に支配されている。

「混んでいるのも嫌だと思って、空いていそうなところを選んだが、やっぱり活気がありそうな宿にすべきだったか？」

「人が多すぎるのはあたしも嫌だし、まぁこのくらいでちょーどいいんじゃない？　温泉だし、うるさいより静かな方がいいよ」

「温泉だと静かな方がいいのか？」

「人いっぱいの温泉って、それもう健康ランドと何が違うのかわからない感じになるじゃん。温泉は静かにしっとりが楽しみ方じゃない？」

「言われてみれば、それもそうか。そうだな、静かな方が落ち着いていていいかもな」

そのうちに予約した部屋に着いた。室内は予約の時に受けた説明通りに、質素な和室六畳の一室二人部屋だった。

六畳がどのくらいか、漠然としか三代は認識していなかったが、思っていたよりも狭かった。既に敷かれてある二人分のお布団《ふとん》が半分以上を占有しており、ぎゅうぎゅう、といった感じだ。

「安いので、なんて言わずにもっと広い部屋にすればよかったな」

「それじゃあ、次また旅行する時にそうしない？　今回はご褒美《ほうび》ってことで三代に払って貰ったけど、次はあたしも自分の分は自分で出すからさ、それならもう少し広いお部屋に泊まれるじゃん」

志乃はリュックを「ていっ」と部屋の隅に置くと、そのままお布団に寝転がった。

次の旅行がいつになるかはわからないが、少なくとも志乃の中では、行くこと自体は決定事項のようだ。

三代は「次も俺が払うよ」とは言わなかった。志乃は奢《おご》られてばかりを嫌がる性格であるから、そんなことを言えば不機嫌になるからだ。

今回はあくまで、勉強を頑張ったご褒美、という名目があるから志乃は三代に甘えている。

こういう関係が正しい恋人関係なのか、三代にはよくわからないが、ただ、これが間違っているとは思わなかった。

正解と不正解は人の数だけある。

三代と志乃にとっては、こういう感じが正しいのだから、これで正解なのだ。

そういうものだ。

「んー……？」

志乃はむくりと起き上がると、窓の外に何かを見つけたらしく、じーっと見つめていた。

「どうした？」

「あそこにあるお店、明かりついてるなーって。何かお土産みたいなのとか売ってるかな？」

三代も窓から外を眺めた。すると、すぐそこの川沿いの旧道に古そうな雑貨店が一軒あり、営業もしているらしく明かりが灯《とも》っていた。

「またトーテムポールとか見ることになりそうな気もするが……とりあえず、行ってみるか？」

「うん！」

旅館からも見える位置にあり、夜になったからといって道に迷うこともなさそうなので、二人で行ってみることにした。

2

結論から言うと、トーテムポールはなかった。

まぁその、必ずあるとは限らないものであるのに、売っていそうな気がすると思った三代がおかしいだけではあるが……。

「三代は土偶ありそうってゆってたけど、ないみたいだね？」

「土偶じゃなくてトーテムポールな……いや、まぁ、ないところもあるよな」

それにしても、空き棚が目立つ雑貨屋だ。

商売をしようという気はあまり見られず、番台に座っている店主のお婆《ばあ》さんも眠そうにしており、

「……あらお客さんいたのかい。いらっしゃいませ」

今になって三代たちに気づいた。

老後の趣味とか暇つぶしとか、そういう雰囲気を感じないでもないので、そもそも頑張ろうという気持ちもなさそうだ。

だが、やる気がなさそうではあっても、嫌な感じは受けなかった。こうしたゆるい空気

感、三代はそこまで嫌いではなかった。

日頃都市部に住んでいると、道行く人が忙しそうにしているのを頻繁に見る。そういう人たちのお陰で社会が回っているのも、理解している。

ただ、なんだか生き急いでいる感じがして、それが少し苦手だった。そんなに急いでどこへ行く、という言葉があるが、三代の思いもまさにそんな感じだ。

そして、だからこそ、三代は志乃と一緒にいる時にのんびりする時間を大事にしているのだ。

だがしかし……だからといって、商品が少なすぎるのに不満がないかと言われれば、それは普通にある。

志乃も三代と同様らしく、なんとも不満げな顔をしていた。

こういう時、三代は何も言わずに黙って去る方だが、志乃はそうではなく、お婆さんに話しかけていた。

「ねぇお婆ちゃん、なにか遊べるものとか置いてないの？」

「遊べるもの……若人《わこうど》が楽しめるものは、あまり置いてないけども……そうだね……うーん……こういうのならあるけども」

お婆さんは番台脇にある段ボールを漁《あさ》ると、少し埃《ほこり》を被《かぶ》った花火セットを出した。

「季節も過ぎたし捨てようと思ってたやつだから、タダで持ってくといい。マッチとバケツもあげるから、すぐそこの川辺でやるといいさね。使い終わったバケツは、店の前に置いててくれればそれでいいからね」

「お婆ちゃん優しい！　ありがと！」

「……夜になったしそろそろ店も閉めるかね」

行動力がある人間は得をすることが多いが、志乃も間違いなくその手の人間だ。

（……こういう行動力は俺にはないな。というか、少し思ったんだが、この花火と俺は同じではないか？）

三代が抱いた思いは、当たらずとも遠からず、といったところだ。志乃と付きあうことになった流れと、志乃がお婆さんから花火を貰えた流れは、確かにそこそこ似ていた。

要するに、志乃は自ら行動を起こして、それで手に入れたのだ。

そういう意味では、この花火も三代も同じだった。

「花火貰った～」

「よかったな。……すみません。ありがとうございます」

三代が軽く頭を下げると、お婆さんは少しだけ笑って、それから店の戸締りを始めた。

外は雪が積もっているので、滑ったり転ばないように気をつけながら、二人は川辺に向かった。

3

「……火が点《つ》くのと点かないのがあるな」

花火は埃を被っていただけあって、だいぶ昔のものらしく、点くのと点かないのがあった。

体感的に、使えるのは半分ぐらいだろうか。

「これ火点けたら点いたんだけど、どんな花火だろ？」

「それ打ち上げだろ！」

「え？　そーなの？」

志乃が火を点けていたのは打ち上げ花火だった。導火線が徐々に短くなっていくのを見て、三代は慌てて奪うと地面に置いた。

二人が離れてすぐに、花火はまっすぐ垂直に飛び、パッと弾《はじ》けて小さな華を作った。

「おー」

「まったく……」

「小さかったね。お祭りとかで見る花火はもっと大きいのに」

「市販の花火セットにそんな花火が入ってたら危険すぎて怖いのだが」

「そっか。……似たようなやつもうないし、あと線香花火くらいしか残ってないや」

「それじゃあ、線香花火やってあとは帰るか」

「そだね」

二人でしゃがんで線香花火に火を点けると、じじじ、っと音が鳴って玉ができた。玉は時折ぱちぱちと火花を散らした。

線香花火はすぐに焼け落ちる。二人でどんどん消費していって、最後に一本ずつ残った線香花火に火を点けた。

すると、志乃がふいに自分の玉を三代の玉にくっつけた。くっついた玉は、ぷうっと膨らむように少しだけ大きくなって、一つになった。

「ちょっと大きくなった」

「ちょっとだけな」

花火というと、夏か秋といったイメージがある。こんな冬の雪景色の中でやることになるとは三代も思ってもいなかった。

だが、そんなに悪くはなかった。

寒さはあっても空気が澄んでいるので、夏や秋に見る花火よりも、むしろずっと綺麗《きれい》にさえ見えた。

「あっ……落ちちゃった」

最後の玉が地面に落ちる。玉がほんの少しだけ雪を解かして、すっと消えた。これで使える花火は全部使い切ってしまった。

「……終わったし、片付けて帰るか」

「はいはーい」

火の後始末をして、バケツも雑貨屋のお婆さんに言われた通りに店先に置いて、二人は旅館に帰った。

「うー、寒い。温泉入る」

志乃のほっぺがすっかり赤くなっている。寒さを我慢していたらしく、ぶるぶる震えていた。

このままだと、志乃が風邪を引いてしまいそうだ。早めに温泉に入った方がよいので、旅館に帰ってすぐ、着替えを取りに部屋に戻ることにした。

メキメキ、という妙な音が旅館中に響き渡ったのは、その時だった。音源地は二人が泊まっている部屋の方角だが……。

「なんの音だろ？」

「さぁな」

怪訝《けげん》に首を捻《ひね》りながら二人は部屋に戻り、そして、茫然《ぼうぜん》とした。あろうことか部屋の天井に穴が空いており、室内が雪まみれになっていた。

さきほどの妙な音は、積雪の重みによって発生した陥没事故のもので、その被害を受けたのが三代たちの部屋だったようだ。

目の前の惨状を、二人はただ真顔で見つめることしかできなかった。

「……」

「……」

「……どうしよ」

「……本当にどうしような」

4

二人が茫然としたまま数分が過ぎてから、ようやく旅館の人がやってきた。突然の事故に対する補塡やら謝罪やらの話をしたいそうで、ひとまず二人は旅館の事務所に行くことになった。

事務所に入ると、しばらく待つように言われたので、大人しく待った。すると、まもなくして旅館の支配人であるという男が現れた。支配人は跪《ひざまず》くと勢いよく上半身を直角に折り、頭を下げた。

「申し訳ございません。申し訳ございません……」

何度も何度も謝る支配人に、三代と志乃は顔を見あわせる。そして、二人は乾いた笑みを浮かべた。

事故は確かに不幸だった。

それは事実だ。

しかし、怪我《けが》をしたわけでもないのだから気にしないようにする、という答えを二人は出したのだ。

「仕方ないことですよ。自然災害はどうしようもないですから」

「ね」

支配人が涙をすすりながらゆっくりと顔を上げる。なんだか、少し反応が大げさで妙に演技くさいが……。

「……本当に申し訳ございません。それでなのですが、お部屋を移させて頂こうと思っておりまして、そこで、私どものお詫《わ》びの気持ちと言いますかなんと言いますか……そういう気持ちもございまして、個室の露天風呂《ろてんぶろ》がついている特別館のお部屋をご用意させていただきますので、一時間、いえ三十分ほどお待ちくださいませ」

お詫びのしるし、ということで、一番高級な特別館の部屋を用意してくれるそうだ。

案内図の参考価格を見た時に、どんな金持ちがこんなところに泊まるのか、等と思った部屋だが、まさか、そこに泊まることになろうとは……世の中はまったくわからないものである。

「24時間源泉掛け流しの露天風呂は、チェックアウトするまでの間いつでもご自由にお使い頂けます。ちなみに……お二方がお若い男女ということで、部屋に備え付けてあります机の引き出しの中にも、きちんと〝アレ〟をご用意させて頂きますので。私はお客さまに常にご満足して頂くことが自分の使命だと思っておりますので」

アレ、とは一体なんだろうか？

よくはわからないが、とにかく、やたら気を使って貰《もら》えているのはわかる。

なぜここまでしてくれるのだろうか、と三代が訝《いぶか》し気に見つめると、支配人が冷や汗を掻《か》いた。

「あの……お願いが一つあるのですが」

「お願い……？」

「そのですね、今回の事故についてなのですが、他言無用ということで一つよろしくお願いできませんでしょうか？」

やたら下手に出る支配人、とても過剰なお詫び、その理由を三代は察した。

三代は自然災害だから仕方がないと許したが、恐らく実際はそうではなく、設備点検であったり本来必要な改修を怠った結果の人災だ。

もしもこの事故が明るみに出れば、ある程度の騒ぎになるのだろうし、そうなれば事故の起きた背景を調査するべく警察がやってくる。

旅館業法やらで、色々と安全についても規定はあるハズなので、場合によっては刑事事件になる。

旅館の評判も落とすであろうし、そうなった時に全ての責任を被《かぶ》る必要があるのが……この支配人である。

だが、表に出さえしなければ、内々で改修工事なりしてなかったことにできると、そういうことだ。

要するに、この支配人は自らの保身の為《ため》に、上手《うま》くお詫びと態度で三代たちを丸め込もうとしているのであった。

汚い。

大人はなんと汚い生き物なのか……。

三代はなんとも言えない気持ちになったが、しかし、それを指摘することはなかった。何も気づいていない志乃が「お風呂付きのお部屋だって！」と喜んでおり、そこに水を差すのが嫌だったからだ。

部屋の準備ができるまでの三十分はあっという間に過ぎて、三代たちは新たな部屋に案内されることになった。

「それではお部屋までご案内いたします。特別館まで少し距離がございまして、少々お歩き頂くことになります。お荷物は既に移させて頂いております」

歩く度に軋《きし》む音が出る風情《ふぜい》のある木版の渡り廊下を通って特別館に移ると、雰囲気は一変した。

飴細工《あめざいく》のようなガラスの灯籠《とうろう》がオレンジ色の明かりを灯《とも》し、壁は緞子《どんす》張りで、床には新品のような色合いのシルクの絨毯《じゅうたん》が敷き詰められている。

「なんかお城とか宮殿みたい……」

「こ、これが最低一泊十万円の区画か……」

高級なものに慣れていない三代と志乃は、びくびくしながら案内係の後を追った。しばらく歩くと、案内係はとある一室の前で止まった。

この部屋のようだ。

深緑の匂い香る檜《ひのき》で作られた扉の向こうは、まず玄関だった。そこから更に奥に襖《ふすま》を引いて、ようやく辿《たど》り着いた部屋は、二十畳はある広々とした和室だ。

「広い～！」

「もはや家だな」

いくら事故のことを黙っていてほしい、という裏があるとはいえ、これはさすがにやり過ぎな気がする。

いや、ここまでしたのだから、という免罪符にしたいからこそ過剰なのだ。

そうだとすると、この部屋を断ったら断ったで面倒なことになる気がしたので、三代は気にしないことにした。

素直に受けとっておけばよいのだ。

「それでは私はこれで失礼致します」

案内係の人が去り、三代と志乃は広い部屋に残された。

とりあえず、志乃が温泉に入って体を温めたがっていたのを三代は覚えていたので、先に入れよと言おうとするが……。

その前に、志乃が何喰《く》わぬ顔で机の引き出しを開けた。

「何してるんだ？」

「や、引き出しに何か入れてたって言ってたじゃん？　なんだろって思って」

「そんなこと言ってたな。何か入ってるか？」

「待って待って……」

志乃はごそごそと引き出しの中を漁《あさ》ると、〝アレ〟とやらを見つけたらしく、「あっ」と声を上げた。

「何を見つけたんだ？」

「これ～」

志乃が手にしていた〝アレ〟は――コンドームであった。

避妊具だ。

支配人が若い男女がどうたらだからと言っていたが、つまりそれは「若いんだからやることやるんだろ？」という意味であったらしい……。

今さらながらに言葉の意味に気づいた三代は、かぁーっと顔を真っ赤に染める。まじまじとコンドームを見つめる志乃も、初めて見る避妊具に恥ずかしさはあるようで、その頬に赤みが差していた。

「さっき言われた〝アレ〟ってこれのことだよね？　これはなんだろーね？　あたし頭が悪いから、わからないんだけど」

「し、しし、志乃、じょ、冗談はやめろって」

「袋の上から触っても分かるぐらいぬるぬるしてる。へぇ……こういう感じなんだ」

三代は顔を真っ赤にしてキョドる。すると、それが面白かったのか志乃はくすくす楽しそうに笑った。

「三代はこれがなにか知ってる？」

「そ、それはだな……その……なんというかだな……」

「知ってるんだ？　そっか、三代は頭がいいから知ってるんだね」

「別に頭がいいとか悪いとかそういう話じゃ……」

「お馬鹿でなにも知らないあたしには、これがなんなのか〝おべんきょう〟が必要かも。だからぁ……おしえて？」

志乃は明らかに面白がっている。

避妊具だとわかったうえで、三代をからかっている。

「……ね？」

志乃は、四《よ》つん這《ば》いになると、ゆっくりジワジワと迫ってきた。冗談のつもり……のような雰囲気でもなく、それがまた三代を困惑させた。

三代の心臓はバクバクと脈動を繰り返し、動悸《どうき》も止まらなくなる。一歩、また一歩と擦るように後ずさる三代だが、やがて背中が壁にぶつかり、もう後ろに下がることはできなくなった。

「ま、まま、待ってくれ」

「またにゃい」

ここまで三代がしどろもどろになったのは、いつ以来だろうか？　恐らく、志乃に告白された時くらいまで遡ることになる。

それぐらい、久しぶりに本格的に取り乱していた。

とにかく、この場から逃げたくてたまらなかった三代は、さすがに志乃もお風呂までは追ってこないだろうと判断すると、急いで脱衣所に駆け込んで服を脱ぎ捨て、そのまま露天風呂に出る。慌てて体を洗い、浴槽へと飛び込んだ。

「はぁ……はぁ……」

呼吸を整えながら三代が空を見上げると、ぽっかりと浮かぶ満月と煌《きら》めく星々があった。

ちらちらと、いつの間にか粉雪も降り始めている。

（志乃のやつ……俺をからかうにしても、今のはやり過ぎだ。どうかしたのか？）

どうかしているのは、三代の方だ。

普通に考えれば、逃げたいのであれば、旅館のロビーにでも行けばよいのに、むしろ誰の邪魔も入らない露天風呂《ろてんぶろ》に入るなど……自ら逃げ道を塞ぐ愚行でしかなかった。

三代はここまで頭が悪かっただろうか？

悪かったのだ。

かららら、と露天風呂の引き戸を引く音が背後から聞こえて、三代は硬直した。

三代は振り返らなかった。

体を洗う音が聞こえるが、決して振り返らなかった。

だが、どうしても気になった。

だから、完全に水音がしなくなってから、それから数秒の間を置いてから三代が振り返ると、当然ながらそこには志乃がいた。

「露天風呂～」

志乃は髪をお団子に結《ゆ》って、体にはバスタオルを巻いていた。裸ではなかったことに三代は安堵《あんど》するが、しかし、状況は何も変わっていないことに気づいて押し黙った。

「……」

「なにを黙ってるの？」

「い、いや……俺が入ってるのに……どうして入ってきたのかと思って……」

「彼氏と彼女が一緒に入るのは、なーんにもおかしいことじゃないと思うけど？」

それはその通りだ。

恋人同士が一緒にお風呂に入るのはおかしいですか？　と聞かれて『おかしいと思う』と答える人は少数派だ。凄《すご》く単純な話で、『一緒にお風呂に入るのが嫌な相手と恋人になる方がどうかしてる』ということである。

「……おかしくはないが」

「じゃあ一緒に入ろーね」

志乃はけらけらと笑いながら湯舟に入ると、すすーっと三代に近寄り、そのまま膝の上に座った。

「な、なんで俺の膝の上にっ」

「なんで驚くの？　マンションでいつもしていることでしょ？　急にどうしたの？」

確かに、マンションで二人の時間を過ごしている時に、三代はよく志乃を膝の上に載せていた。

だが、状態は同じであっても、状況が違うのだ。

マンションではお互いに服を着ているが、今は少し引っ張れば取れてしまうバスタオル一枚しか体の密着を遮るものがなく、それを『いつもと同じ』とは三代には思えなかった。

「駄目だこんなことは……」

「駄目じゃないよ。……今日は、あたしも覚悟してきたんだから」

手を繋《つな》いで、ちゅーをして、思い出を作って……それだけで十分だった。そこから先はなくても構わない、と三代は思っていた。

いつか結婚するような時がきても、しばらくは今と同じような感じを保って、体の関係に至る必要はないとさえ考えていた。

もちろん、肉体的な繋がりに興味がないわけではない。だからこそ、えっちな画像やら動画やらゲームも持っている。

だが、実際にそうした行為をすることには、抵抗感があった。

そこに性欲的な意味合いがあることも理解しているから、好きという気持ちを盾に自分が気持ちよくなりたいだけなのではないのかと、自己嫌悪《けんお》に陥りそうになるのだ。

だから、考えないようにしていた。

なるべくならば見ないように、汚《けが》らわしい自分に蓋をした。

それなのに、志乃は無理やり三代の心をこじ開けて、行動で、雰囲気で、『その汚らわしい部分をあたしに見せて』と訴えている。

まぁその、志乃が本当にそう思っているかは定《さだ》かではないが……ただ、いずれにしろ、心と体の両面で深く繋がりたい、と志乃が暗に言っているのは確かだ。

「俺は……」

三代はどうにか冷静になろうと努めていたが、志乃の首筋から香る女の子の匂いが鼻先を掠《かす》めて、理性を失いそうになった。

いっそのこと、本能に負けてもよいのではないか、なんて考え始める。それを後押しするかのように、志乃が優しくゆっくりと指を絡《から》めてくる。

「……あたしはこういうことしたことないから、初めてだから、凄く勇気出してがんばってるよ」

「……」

「好きな人と触れあいたいし、もっと〝なかよし〟になりたいから……ちゅーの次に進みたいから……」

志乃の迂遠《うえん》な言い方は、三代から求めてほしい、という気持ちの表明だ。そんなことは誰の目にも明らかだ。

三代の心の中の天秤《てんびん》に乗せたのは、自分自身への嫌悪感と、志乃の望みを叶《かな》えてあげたい気持ちだ。

どちらも全く同じだけの重さということはありえなくて、心の天秤はやがて片方に傾いた。

志乃の望みを叶えてあげたい気持ちの方に、天秤はぐぐっと傾いた。自分の気持ちよりも、志乃の気持ちの方が三代には重かった。

「志乃……」

「うん……んっ」

普通のキス、ついばむようなキス、大人のキス、首筋や鎖骨へのキス……。およそ十分ほど唇で愛情を表現し続ける。

湯の水音なのか、キスの音なのか、段々と区別もつかなくなってくる。志乃をぐっと抱きよせる。

しかし、志乃はそこで三代の唇に人差し指を当てて「待って」と言った。

「……駄目だって言っても、もう俺は止まる気がないからな？」

「ここで止まったらあたしも怒るって……そうじゃなくて、お部屋でしよ？　続きはお部屋でね？」

「……ちゅーの次に進みたいんだったな？」

「うん……優しくおねがい……今日ね、プレゼントしてくれた下着持ってきたから、それ着けるから」

露天風呂から上がると、志乃は三代がクリスマスにプレゼントした下着を着けて、お布《ふ》団《とん》のうえに仰向けになる。その体勢のまま、すぅーっと手を伸ばして、口の開いていた自分のリュックから一冊の本を取り出した。

「……これも試そ？」

それは、高砂《たかさご》からの頼みで委員長を尾行にした時に、志乃が「こっちのお勉強の方がいい」と言って買った本だ。『愛が深まるキス20選』である。

今さらそんなお勉強が必要な段階でもないと思うが、それでも、志乃が試したいというのであれば三代はその通りにするだけだ。

本を開いて横に置いて、三代は覆いかぶさるようにして志乃を抱きしめる。それから、本に書かれているキスを、一つ一つ試していった。

お互いの気持ちが徐々に昂《たかぶ》る度に、大人の階段を一段ずつ登っているような、そんな不思議な感覚に襲われる。

吐息が交じりあって、もうどちらの息なのかも分からなくなった。

そして、いよいよ結ばれる時が訪れるのだと、そう思った時だ。三代は志乃の異変に気づいた。

志乃の瞳は、期待を滲《にじ》ませ潤んでいる。だが、その奥底に、ほんの僅かな不安と恐怖も混じっているのを三代は感じ取った。

志乃は、先ほど三代の膝の上で『勇気を出している』と言った。それが意味していたのは、誘うような素振りの全てが強がりである、ということだ。

初めて体の繋がりを持つことが、三代とはまた違った意味で、志乃も怖くて不安でどうしようもないのだ。

だから、いつも以上に余計に三代をからかっていたのである。そうすることで、揺らぎそうな覚悟を必死に留《とど》めていた。

だが、今さら、三代も止まれなかった。ただ、なるべく志乃が不安にならないよう、怖くならないように努めることだけは忘れなかった。

三代は志乃の手を摑《つか》んで自分の背中に回すと、

「……俺の背中、爪でひっかいて傷つけろ」

「え……？」

「そうしたら、不安だとか怖いだとかって気持ちも、少しはよくなるハズだ。多分」

「べ、別に不安とか怖いとかあたし思って……ない……けど……」

「我慢したところで、苦い初体験だったとか、あんまり思い出したくないとか、そういう風になるだけだ。俺は、『何回でも思い出したくなるくらい最高だった』と二人で思える初めてにしたい。だから、俺の背中に跡が残るくらい思い切りひっかいて、怖くて不安だって気持ちを溜《た》め込まずに全部出せ」

三代が耳元でそう囁《ささや》くと、志乃は緊張の糸が解けたのか、ぎゅっと瞼《まぶた》を閉じ目尻に小さな涙の粒を浮かべて何度も頷《うなず》いた。

「……ごめんね。えっちな女の子になって、喜んで貰《もら》いたかったけど、初めてはやっぱり怖くて不安なのある」

「謝る必要なんてない。だけど、そういうところも凄く可愛《かわい》いな。……大好きだよ志乃」

「あたしも三代のこと好き……たくさん好き……いっぱい好き……」

心と体は密接な関係にあるからこそ、どちらか片方だけを大事にしていると偏りが生まれてしまい、歪《いびつ》な関係になってしまうこともある。

両方で繋がってこそ、初めて本当の意味での恋人同士になれるのだ。お互いの無垢《むく》をさらけ出して、受け入れあって、そこからが始まりだ。

だから、三代と志乃も、ようやくスタートラインに立ったと言える。

5

これでもか、というくらい志乃に引《ひ》っ掻《か》かれた背中がヒリヒリして、妙に熱も籠もっている。今は少し落ち着いているが、先ほどまで血が垂れている感触もあった。

自分の背中がどうなっているのか気になって、三代は鏡で確認した。すると、ぎょっとしてしまう数の引っ掻き傷があった。

確実に跡が残るくらい深く食い込んだ爪痕も、かなりある。

「ひ、ひっかけってゆったのは三代！　跡が残るくらいやれってゆった！」

「別に怒ってない。ただ、俺の背中見る度に、これ自分がやったんだって志乃は思い返すことになりそうだが、それについては大丈夫か？」

「この背中はあたしのものだってマーキングにもなりそうだから、むしろ見る度に満足する」

「そ、そうか。ならよかった」

「ってゆうか、血が出たのは三代だけじゃなくて、あたしもだもん。お互いさま～」

志乃が自分も出したと強調する血は、破瓜《はか》によるものだ。

最初は気づかなかったのだが、途中で気づいて、三代は当然のこと志乃自身も唖然《あぜん》としていた。

血が出る可能性については、知識としては知っていた。だからこそ、志乃に背中をガリガリと引っ掻かれる痛みに耐えながらも、三代なりに優しくしたつもりだったのだ。

それでも血が出たから、三代は驚いた。

志乃も「え？　え？」と戸惑い、非常に焦《あせ》ったそうで、急に三代を抱きしめてさらに力強く背中を引っ掻いてきた。

跡が残るほど深い傷の九割はこの時のものだ。

「それにしても、血が出たってことは……痛みもあったか？　優しくしたつもりだったんだが」

「違和感はあったけど……別に痛くはなくて、だから見えちゃった時にすっごいビックリしちゃったんだし」

痛くはなかった、と言われて三代はホッとした。痛ければ志乃にとって嫌な思い出になったかもしれないので、それを避けられたのは嬉《うれ》しく思った。

「初めてでも血でない人も多いって聞いたことあって、多いなら、あたしもそうかなぁって思ってたんだけど……」

「出ない人もいるのか」

「うん。結構いるんだって。……ってゆうかさ、それより、これすごいウケる」

志乃はお布団に寝転がりつつ、使い終わって中身がパンパンになっているコンドームをつまみ上げて笑った。

「たっぷたぷ〜」

「……しょ、しょうがないだろ、だって、大好きな彼女との初めてのえっちなんだ。それぐらい許せ」

「ふふっ。薄めたカルピスみたいで、なんか飲み物っぽいよね。……舐《な》めてみようかな？」

「ば、馬鹿」

志乃が変なことを言い出したので、三代はコンドームを奪い、中身が出ないように口を縛ってゴミ箱に捨てた。

「あー……」

「舐めなくてよろしい！」

「でもちょっと気になるっていうか。どんな味するのかなーって」

三代が額に軽くデコピンを食らわせると、志乃は「あぅ」と目を瞑《つぶ》った。

「そんな機嫌悪くしなくても……。あたし、三代に甘えちゃって背中引っ掻《か》きまくったけど、えっち終わって落ち着いてから、本音言うとちょっと申し訳ないなーって気持ちがあるにはあったんだよね。でも、使い終わったコンドームを見て『あっ、ちゃんと三代も満足してくれたんだ！』ってわかって、そしたら、中身もかわいいってなっちゃった」

志乃は間違いなく変なことを言っているのだが、それはあくまで純粋な気持ちからの言葉であるらしく、そうなってくると三代も文句を言い辛《づら》かった。

「変なことを言うな」

しかし、言い辛いことであっても、やっぱり飲むとか舐めるなんておかしいと三代は思ったので、控えめにだが志乃に注意しようとした——のだが、気づいたら志乃はすぴーすぴーと寝息を立てて眠っていた。

志乃はかなり疲れていたようだ。

初めてのえっちが問題なく終わって、過剰なくらいにしていた緊張が解けて安心したのも重なって、志乃はお疲れなのだ。

「……おやすみ」

そう言って、三代は志乃の額に口づけをした。すると、起きているわけではなく寝てはいるのだが志乃はにやっと笑って、口の端から涎《よだれ》を垂らしていた。

「ふへへ……ふへっ……」

「変な顔して……ん？　ちょっと待て……変な顔？」

ふと、三代は思い出した。そういえば、前に電車の窓にキスしている顔を撮られた時に誓った仕返しをまだやっていないな、と。

今が絶好のチャンスであったので、涎を垂らした志乃の顔を、三代はスマホでパシャっと撮影した。

帰りの時にでも見せることにしようか。

6

一夜が明けた。三代と志乃はのんびりと七時過ぎ頃に起きると、帰り支度を整え、それから朝食を摂《と》りに向かった。

廊下に出てすぐ、三代は志乃の様子が少しおかしいことに気づいた。志乃はまっすぐ歩けずにフラフラとよろめいていた。

「おっとっと……」

「どうした？」

「や、その、ちょっと、お腹《なか》の下くらいに違和感残ってて……」

違和感があるという体の部位的に、どう考えても、昨夜のえっちが原因である。もちろん責任の主体は三代であり、その自覚は本人にもあった。

そこで、罪滅ぼしというわけでもないが、三代は志乃をおぶってあげることにした。

「乗れ」と伝える。すると、志乃はよじよじと背中に登ってきた。

「あいがとね」

「半分俺のせいだからな」

「半分じゃなくて全部でしょ？　突っ込んだのは誰かな？」

「そういう見方もあるな」

「それ以外の見方は存在しないと思うけどね」

それから朝食を食べ終えてから、まだ少しチェックアウトまで時間があったので、旅館の売店を物色することにした。

特に欲しいものがあるわけではなく、お互いのバイトに持って行くお土産を買うだけである。何気ない気遣いだが、こういう小さなことの積み重ねが、人間の印象や評価を形作るのだ。

「どうしよっかなぁ……お菓子みたいなのがいいかな？」

「そうだな。お菓子みたいなのでいいかもな。ストラップみたいなものを買って配っても、趣味に合わなかったら貰った方も困るだろうしな」

「そっか。お菓子なら、あまり好きじゃないのだったとしても、友達とか家族に好きそうな人いれば、そっちにあげて処分できるし？」

「そうそう」

二人で相談しながら、水まんじゅうとカステラを買った。若干値段が高かったのが気にはなったが、まぁいわゆるご当地価格というやつで、雰囲気代、みたいなものが加算されているのだ。

構造的には、お祭りの時にくる出店なんかと同じである。付加価値は乱用される為《ため》にあるのだ。

いや、そんなことはどうでもよいとして、とにかく時間もきたのでチェックアウトを済ませて帰路につくことにした。

すると、去り際に慌てて支配人が奥から飛び出してきて、

「お、お待ちくださいませ！　あの……改めて言うのもどうかなと思ったのですが、もしも万が一に私のお願いをお忘れになられていたらと思うと、気が気ではなく……つきましては、昨日の事故の件はなにとぞ……」

大人という生き物は、どうしてこうも保身に必死なのだろうか？　以前に三代がバニー姿を目撃してしまった中岡《なかおか》も、その後に必死に口封じをしようとしてきた。

三代はとりあえず、「昨日なにかありましたっけ？」と遠回しに事故の件は忘却したつもりだと伝えた。支配人はホッと胸を撫《な》でおろしていた。

さてそれから。

旅館の最寄駅《もよりえき》に着いた二人は、道中の観光は昨日済ませていることもあり、帰りは時間の掛かる在来線ではなく新幹線を使うことにした。

料金はかかるし、これで三代のバイト代もすっからかんだが、それでも疲れないことを優先した。

新幹線はやはり早い。在来線では長く感じたトンネルもあっという間に抜けて、すぐに雪景色も終わった。

「あっという間の旅行だった～。すごく楽しかった！」

「そうだな。ところで……」

三代はポケットからスマホを出すと、涎を垂らした志乃の寝顔の写真を本人に見せた。

昨夜撮った写真だ。

「こ、これ……いつの間に……」

「志乃が寝てる間に撮った」

三代がしれっと言うと、志乃はむーっと口を尖《とが》らせ、すぐさまに飛びついてスマホを奪おうとしてきた。

「それ消して！」

「お、おいおい……」

「あたし、そんな顔して寝ないもん！」

「いや、そんな顔で寝てるから写真に残ってるんだよなぁ……」

「やぁだ！　消して！　消して！」

「可愛《かわい》いからいいだろ」

「そんな涎垂らしてるの可愛くないから！　いぢわるしないで！」

12月30日～1月3日 初詣も色々あるよね。

1

志乃《しの》との楽しい旅行が終わって翌日。アルバイトへ向かう途中で、三代《さんだい》は街の雰囲気がガラリと変わっているのに気づいた。

クリスマスからまだ一週間程度しか経《た》っていないのだが、もう年末年始の装《よそお》いになっていた。ツリーが鏡餅や達磨《だるま》に、リースがしめ縄や竹細工へと置き換わり、すっかりとお正月の仕様である。

今くらいの時期、例年であれば、三代は一人で24時間耐久アニメ視聴や積みライトノベルの読破をしている頃だが……今年はそういう時間を作れそうになく、どうにかこうにか新作を追うので手一杯だ。

現実が充実しつつある日々を喜ぶべきか、それとも趣味に使う時間が減ったことを悲しむべきか……意見が分かれそうなところである。

まぁそんなことはともあれ、年末、ということもあり水族館に家族連れが大挙して押し寄せてきたようで、本来そこまで忙しくならない清掃の三代やハジメも、それなりに大変だった。

すぐにゴミ箱は溢《あふ》れ、水槽のガラスも指紋だらけになった。落とし物も頻繁に発見するし、迷子になった子どもと一緒に親捜しもした。

休憩時間になる頃にはさすがに少し疲れた。

一緒に組んでやっているハジメはもちろんのこと、周囲のスタッフもお疲れな顔をして事務所で項垂《うなだ》れていた。

こういう時は甘い物を食べたくなるものなので、お土産を出すのに丁度よいと判断した三代は、志乃との旅行で買ったお土産を配ることにした。

まず、ハジメと小牧に渡した。

「旅行のお土産です。どうぞ」

「いいの？　ありがとね」

「佐伯《さえき》も」

「やったー！　あっ、これ前にSNSで写真あげてた人いたの見た！　どこの旅館だったか忘れたけど、確かそこでしか売ってない限定品だったような……。ありがとう！」

次に、顔を見れば挨拶をするくらいの距離感のスタッフたちに配る。

「すみません。これ旅行のお土産なんですが、よかったら」

「藤原《ふじわら》くん旅行に行ってきたんだ？　親と？」

「彼女とですね」

「大人しそうな顔して結構やるなぁ。てか、高校生っしょ？　相手の親とか……いや、そうじゃないか。そうだよな。親なんて無視して愛の逃避行したくなる年頃だもんな」

「彼女の親に挨拶して許可を貰《もら》っていたので、愛の逃避行というわけでは……」

「最近の高校生……怖いわ。しっかりし過ぎてる。こうやって気を使ってお土産買ってくるのも、俺が学生の時には考えなかったな。ウェイすることしか頭になかった。あ、カステラ苦手だから水まんじゅう貰うね。ありがと藤原くん」

「私はおまんじゅう系苦手だから、カステラ貰うな」

「それにしても旅行……冬に行くなら、個人的には南国に行きたいトコだな。大学の卒業旅行でオセアニアを回ったんだが、楽しかったの覚えてんだよな」

　とりあえず、見える範囲にいる人たちに配り終わった。

　これから休憩に入る人たちや、後から出勤してくるまだ姿の見えない人たちの分については、事務所にいることも多い小牧に渡して貰うように頼むことにした。

休憩時間が終わり次第、仕事に戻る。忙しいと時間が過ぎるのも早く感じるもので、あっという間に勤務時間が終了して夕方だ。

少し時間に空きがあるので、三代は志乃と会おうかとも思ったのだが、誘う前に志乃から連絡がきた。年末はクリスマス同様に家族と過ごすことになったそうで、代わりに年始に一緒に初詣に行こうね、という連絡だった。

年末に一人なのは少しばかり残念なのだが、しかし、自分が寂しいからと無理を言えば結崎《ゆいざき》家の不仲や対立にも繋《つな》がる。

志乃の両親について、三代は好印象を持っていた。よい人たちだと感じていた。だからこそ、あまり引《ひ》っ掻《か》き回すような真似《まね》もしたくなくて、三代は素直に年末に志乃とべったりは諦めることにした。

適当に夕食を摂《と》ってマンションに帰り、三代はお風呂《ふろ》に入ってゆっくりと疲れを癒《い》やした。昨日の温泉と比べると、少し物足りない感じもあったが、それは贅沢《ぜいたく》というものだ。

お風呂から上がってからは、少しだけ家の掃除をした。年末といえば大掃除だが、そこまで本格的にする気にもなれなかったので、いつもより気持ち丁寧にやったかな、くらいである。

その後は、特にすることもないので、新作のアニメを追いかけることにした。アニメの視聴は結構体力を使うので、休憩がてらにＰＣの中身の整理をやったりもする。

まぁ整理といっても、沢山のえっちをシチュエーションごとに分ける程度なのだが……

その作業中に、ふと、不思議な感覚を三代は持ち始めていた。

なぜかはわからないが、画面の向こうのえっちに対して、なんだか急に興味がなくなってきたのだ。

旅行の時の本物のえっちを思い出すと、志乃の体を思い出すと、今でも胸の高鳴りが止まらなくなりそうになるにも拘《かかわ》らず、画面越しのえっちについては〝無〟に近い感情しか抱けずにいる。

どういう……ことなのか？

わからない。

自らの感情の変化の本質を探る為に、三代は一番のお気に入りの動画を削除してみることにした。さすがに一番のお気に入りを消せば、いくらかは自分の感情が揺さぶられるだろうと思ったのだ。

だが、それでも〝無〟であった。なんとも思わなかったのだ。

「俺はどうしてしまったんだ？」

思わずそんな呟《つぶや》きが出るが、三代はすぐに理解した。自分はもう、志乃でなければ心も体も満たされないのだ、と。

なんだか自分の内面が大変なことになっている気がしたが、だが、別に実害があるわけではないし、それに、画面の向こうの女の子よりも現実で触れあっている志乃の方がそもそも大事なのだ。

問題はない。

むしろ、えっちを収集する為《ため》の消費が減ったのはよいことである。浮いたお金を志乃との思い出作りに回せるようになるのだ。

善は急げ、なんて言葉もあるくらいなので、三代は次から次にＰＣの中のえっちを消し始めた。志乃に一番似ている女の子の動画だけは残したが、それは、何とは言わないが今後の参考にする為である。

そんなことをしていると、志乃から写真付きのチャットが飛んできた。写真には年越しそばを食べている美希《みき》が写っていた。

——今日は美希がちょっと可愛い。

美希は調子がよい悪戯《いたずら》っ子ではあるが、写真だけで判断するのであれば、普通に天使みたいな見た目だ。

　これで性格も大人しいのであれば、本当に愛される子になれるのだろうが……いや、小悪魔的な部分を好きな人もいそうではあるので、ケースバイケースと言ったところだろうか。


――ところで、初詣なんだけど……美希もついてくるって言い出して、どうしようって困ってるとこ。


　間も置かずに志乃から追加のチャットが送られてきた。どうやら、美希が三代と志乃の初詣についてきたいと駄々を捏《こ》ねているそうだ。

　三代はすぐに「別に構わないが」と返した。玩具にされたりと美希に思うところがあるのは確かだが、だからといって嫌っているわけではないからだ。

　それに、美希は色々と志乃が知らない三代を知っている。告げ口をされないように、ある程度美希の機嫌を取っておく必要もあった。

　志乃が美希の告げ口を信じるとは思っていないが、それでも、避けれる揉《も》めごとはなるべく事前に避ける方針だ。

——美希ちゃんもたまには志乃と一緒に遊びたいんじゃないか。俺と付きあうようになってから、相手する時間減ってるだろ？

——あー……まぁ確かに。

——美希ちゃん寂しいのかもな。『お姉ちゃんが取られた！』ってなってる可能性もあるだろ。

——美希はそんな可愛《かわい》い性格してないけどね……。多分だけど、お父さんとお母さんと行くってなると近場になってしょぼいから嫌とか、そんなトコ。あと、自慢したいのかもね。

——自慢？

——都会に行ってきたとか、お姉ちゃんの彼氏に遊んでもらったとか、そういうので友達とかに自慢したいってのが透けて見えゆ。

そんなことが自慢になるのかはわからないが、少なくとも美希はなると判断しているようだ。そして恐らく、『自慢の材料になるから』ということだけが理由ではなく、『二人を見ているのが面白いから』等《など》というのも考えていそうだ。

いずれにしても、当人の思惑を知っているのは当人だけだ。実際のところは、美希のみぞ知る、である。

2

一月一日、初詣の日がやってきた。

三十一日までの喧騒《けんそう》が嘘《うそ》のように、街の人影は薄かった。

三十一日の夕方から夜にかけての駆け込み帰省や、あるいは街に残っても家で過ごす者も多いらしく、人口密度が一気に低下したようだ。

年末はあれこれとバイトも忙しかったが、年始は三代のバイト先は休館日であり、志乃のバイト先のカフェも同様である。

初売りで特定の場所は混むのだろうが、水族館やカフェといった場所は営業してもそこまで集客にならないし、人々も初詣方面に向かうので、神社の縁日なんかにどのみち人が取られる。

チェーン店のようなところは気にせず営業するようだが、そうではない店舗や施設はお休みすることも多いのだ。場合によっては、この期間を使って業者を呼んで設備点検や修繕をしたりすることもある。

三代が志乃と美希の家まで迎えに行くと、二人は振袖姿だった。

美希は服装が違う以外に雰囲気に変わりはない感じだが……志乃の方はいつもと違ったなんともいえない艶《あで》やかさがあった。

恐らくその原因は髪形だ。お花のシュシュを使って後ろでまとめて、かんざしを差している。うなじが見えてなんだか色っぽかった。

「美希、帯がちょっとズレてる。直してあげるから、ジッとしてて」

「ズレてる？　おねえちゃんの勘違いじゃないの？」

「勘違いじゃありませ～ん。本当にズレてる」

「じゃあはやく直して」

「それがやって貰う態度かっての……」

志乃はやれやれと溜《た》め息《いき》を吐《つ》きながらも、美希の帯を直し始めた。美希のことを邪見に扱っているようでいて、志乃はやはり基本面倒見がよいのだ。

美希の着付け直しが終わるまでの間、三代が手持ち無沙汰に待っていると、豆腐屋の奥から子子《ねこ》が少しだけ顔を出してきた。

「藤原くん、美希の面倒まで見て貰ってありがとうね」

「いえ、全然大丈夫ですので。……美希ちゃんも、やっぱり志乃と遊びたい気持ちがあるのかなと思いますし」

「美希は志乃〝と〟遊びたいというよりも、志乃〝で〟遊びたいだとは思うけど……まぁよろしくね。本当は大吾《だいご》さんからもお礼を言わせたいんだけど、ちょっと配達行っちゃって、戻ってくるの一時間か二時間くらい先なのよね。それが終われば、今日はもう仕事ないんだけど」

子子は苦笑しつつ、自分もまだ少しやることがあるから、と店の奥に引っ込んだ。その頃には美希の着付け直しも終わっていた。

ゆる～っとした雰囲気のまま、電車に乗って初詣に向かった。場所は副都心にある大きな神社だ。

三代の家の近くや、商業地はわりと閑散した雰囲気だったのだが、神社は人でごった返していた。

一礼をして鳥居を潜る。真ん中は歩かないように気をつける。神前にきたらお賽銭《さいせん》を入れ、鈴を鳴らし、柏手《かしわで》を打って合掌誓願だ。柏手を打つ前に一礼か二礼する必要があった気もするが、三代は細かいことは気にしないことにした。

と、その時だ。

美希が三代の袖をくいくいと引っ張り、こそこそと耳打ちをしてきた。

「……おにいちゃん。美希がえらんであげた下着のプレゼントなんだけど」

三代がクリスマスプレゼントとして贈った下着は、未希に選んで貰《もら》ったものだ。

最終的に買うと決めたのも、お金を払ったのも三代だが、未希がそこに介在したのも事実だ。

「おうちであの下着を眺めてずっとニヤついてるよ。やったね」

旅行の時に志乃が下着を着けたところを見せてくれたので、それなりに喜んでくれていたのは察していたが、まさかニヤつくほどのお気に入りになっていたとは……。

「二人ともどーしたの？」

こてん、と志乃が小首を傾《かし》げる。三代と美希はぶんぶんと両手を振って誤魔化した。

「なんでもないよ。ね、おにいちゃん」

「そうだな。なんでもない」

「ところで、おにいちゃんとおねえちゃんは、何をおねがいしたのかな？」

美希が上手《うま》い具合に話題を変えてくれた。三代がこの機転を逃す真似《まね》をするわけもなく、即座に乗った。

「志乃とずっと一緒いられますようにってお願いしたかな」

「それなら、あたしも三代とずうっと一緒にいられますようにってお願いした～」

「はぁ……甘くてはきそうなのはもとからわかってたから我慢するとして……美希おみくじ引きたい！」

「おみくじか……」

「そういえばまだ引いてなかったね」

おみくじにはまだ手をつけていなかった。今年の運勢を占う大事なものであるし、初詣にきて引かないのも寂しいので、三人で引きに行くことにした。

2

おみくじを引いてみると、三代と志乃は大吉だった。特に恋愛運が両者ともに素晴らしい結果だ。

三代のおみくじには、『交際相手がいるのであれば、その方は今後の人生において二度と現れないほどの良縁の結果なので手放さないように』とある。

志乃のおみくじには、『今の交際相手とは喧嘩《けんか》もせずに生涯を添い遂げるでしょう』とある。

なんとも嬉《うれ》しい結果だ。

だが、そんな二人とは対照的に、美希が〝大凶〟を引いてしまっていた。美希の頰が引き攣《つ》り、眉もぴくぴく小刻みに震えていた。

「どうして美希だけ〝大凶〟なの？　しかも、おかねの運がひどいんだけど。よくばれば五倍うしなうから気をつけろって」

美希の日頃の行動を考えれば、大凶は丁度よい戒めのようにも思えるが……しかし、今にも泣きそうなその顔を見ると、なんだか可哀想《かわいそう》だった。

仕方がないので、三代は自分がお金を出すからと言って、美希にもう一度引く機会をあげることにした。

「え？　おかねくれるの？　おにいちゃんホントにいーの？」

「きっと次は大吉が出るよ」

「やったー！　ありがとぉー！」

五百円玉を渡すと、美希はおみくじ売り場に直行した。すると、一部始終を見ていた志乃が「はぁ」と溜め息を吐いた。

「前にも言ったけど、美希にそこまでしなくてもいいよ〜。調子に乗るだけなんだから」

「そうは言っても子どもだしな」

「優しいんだから……」

もう、と言いながらも志乃はどこか嬉しそうでもある。

本当であれば美希に対して厳しくしたいのだろうが、その気持ちよりも、彼氏の優しいところに温かな気持ちになってしまう方に軍配が上がったようだ。

柔らかくニコっと笑う志乃を見て、今日まだ志乃の頑張った部分を褒めていないことに三代は気づいた。

「……今日の志乃は雰囲気が違くていつもと違う可愛さがあるな。かんざしも可愛いな」

「おっ、ようやく気づいたかな？」

「いつ言おうか迷っていただけだ」

「ありがとね。……手つなご」

なんだかんだといちゃつきモードに入り、二人はしっかりと手を繋《つな》いで、ぴたりと寄り添いあった。

――大吉でたー！

美希もなんとか大吉が出たらしく、歓喜の叫びが聞こえてきた。

さて、初詣はこれにて終わりだが……三人はすぐに帰らず、少し遊んでいくことにした。参拝客が流れてくることを当て込んでいるのか、神社の付近では出店はもちろんのこと、書初めや和太鼓の体験コーナー、カルタ大会、実際に人間が進んでいく巨大すごろく大会なんかもやっていて、遊ぶ場所があるのだ。

適当にふらふらと歩いて三人で見て回る。すると、美希がすごろく大会に興味を持ち始めた。

「おねえちゃん！　おねえちゃん！　美希すごろく大会出たい！　二千円ひつよーなんだけど、美希そんなおかね持ってきてないから、ちょーだい！」

「お金お金って……さっき三代におみくじ代払って貰って、今度はあたし？　ってか一回二千円って高くない？　諦めなー」

「おみくじとすごろくは別！」

「何を言われてもあたし出さ――」

「――思い出になるから！　おねがいおねがいおねがい！　美希の思い出のためだと思って！」

美希は何度もぺこぺこ頭を下げる。志乃はとても嫌そうな顔をしていたが、美希が涙を浮かべたのを見てとうとう折れた。

「はぁ……ったく……」

何かと「美希の為《ため》にはならない」と口にする志乃だが、そうは言いつつも強く求められると折れてしまう性格だ。

美希もそれを把握しているのだろう。だから、攻め落とせると判断して泣き落としを敢行したのだ。

「じゃ、いってくるー」

お金をもらった美希は、今しがたの泣き顔が一瞬で笑顔に変わり、すごろく会場の参加者の列に並んだ。

「美希のヤツ……なにあの笑顔」

「騙《だま》されたな」

「くっそ〜次は騙されないんだから！」

志乃がそんな決意表明をするが、恐らく美希にあの手この手を使われて、また騙されるに違いない。

そんなことはさておいて、三代と志乃の二人はすごろくに参加しないので、用意されている観客席に座って美希のすごろくを眺めることにした。

「ま、今回は美希の思い出の為でもあるし、しょーがないか」

「俺にあーだこーだと言うわりに、志乃自身、美希ちゃんには結構甘いよな。優しいお姉ちゃん」

「ちょっと棘《とげ》ある言い方……あっ、もしかして美希に嫉妬してる？」

少しからかっただけであって、決して嫉妬から出た言葉ではないのだが、志乃にはそう映ってしまったようだ。

訂正は……する必要がなく、こういう時は違くても「そうだ」と言うべきだ。

「そうかもな。志乃が大好きだから、美希ちゃんにも取られたくないんだ」

「しょーがないなぁ。ほら」

志乃が両手を広げる。おいで、と言われている。三代は志乃を抱きしめると、そのまま唇を重ねた。

こう言う風な流れになるから、訂正はしなくてよいのだ。

あまーくとろける空気が満ちていくと、それに気づいた隣の席の人が「うわあああ俺も彼女欲しぃいいぃいいい」と頭を抱えて逃げ出した。

二人がそれに気づくことはなく、ちゅっちゅっとキスを楽しんでから、会話を続けた。

「そういえば、バイト先でのお土産の反応どうだった？　俺のバイト先ではそんなに悪くなさそうな感触だったが……」

「まぁまぁかな……とゆうか、三代と旅行に行ったたって言ったら、お土産よりも、どんな旅行だったかの話の方が気になるって人多かった」

志乃のバイト先では、お土産そのものよりも、お土産〝話〟の方が人気だったようだ。

「色々話したけど、一番盛り上がったのは、はじめてのえっちを優しくして貰えたって話かな。あたしも自慢した！」

女の子という生き物は、情事すら会話の華にしてしまうようだ。

三代には聞くのも話すのも恥ずかしいだけの話題に思えるのだが、しかし、よくよく聞いてみて、女の子がこうした話題を好むのには相応の理由があるのが分かった。

「ま、こういう話をするのはけん制だけどね」

「けん制？」

「恋愛事って女の子はホントに複雑なんだよね。他人の彼氏を奪うのが趣味っていう子もいるから、〝彼氏とらぶらぶだから手を出す隙間なんか無いからね〟って遠まわしに自慢話するぐらいが丁度よき」

本当にそんな女の子がいるのだろうか？　と思わず疑ってしまいそうになる話ではあるが、しかし、現実を見れば何らおかしい話ではなかった。

例えば、一人の男児を取りあう複数の女児、という場面を誰しも子供時代に一度は見たことがあるハズだ。

幼稚園とか保育園とか、場所はどこでもよいが、ともかく、あの取りあいは〝その男の子が好きだから〟だけで始まるのではない。

皆に人気があったり、誰かが好きになった男の子が魅力的に見えてきて、異性としての興味はないが欲しくなる――そんな理由で参加している子もいる。

一種の癖だが、こうした癖は大人になっても治らない人が多くいる。時たまに週刊誌やニュースでも話題になる芸能人の不倫の不祥事で、女の側から最初に話を持ちかけてきたケースなどがまさに典型だ。

つまるところ、情事の暴露はそういった隙を与えない対策の一環であり、そう考えると三代にもすんなりと理解できた。

そんな女の子事情を話しているうちに、すごろくも順調に進んでいたようで、なんだか知らないうちに美希が一位でゴールしていた。

一位には何か賞品があるようで、美希は引換券を手に戻ってきた。がめつい傾向がある美希ならきっと嬉しくて堪《たま》らないハズ……なのだが、なぜか美希の顔は曇っていた。

「美希ちゃん、一位になったのに嬉しそうじゃないね？　どうしたの？」

「……この引換けん」

美希が引換券を見せてくれた。二段調理が可能な加熱水蒸気石窯オーブンレンジ、と引き換えることができると書かれている引換券だった。

二桁万円はする高級家電なのだが……美希には興味がない品物なのもわかる。そんなものよりもお金をくれ、と考える方だろう。

しかし、そう悪い賞品ではないのだ。こういうのを喜ぶ者もいる。すぐ隣に。

「凄《すご》いじゃん美希！　これ高いんだよ〜！」

お菓子作りや料理が趣味な志乃はとても嬉しそうな顔になっていた。

「どうせ美希ひとりだと売れないし、かといってべつに欲しいものでもないからおねえちゃんにあげる……」

「ありがと〜美希大好き！」

志乃からすれば、二千円を出したら二桁万円の欲しいものに化けて返ってきたのだから、宝くじに当たった気分に違いない。

さて、時間は過ぎて夕方になった。そんな帰り道のこと。志乃がお手洗いに向かった隙に、美希が話しかけてきた。

「どうしたの？」

「おにいちゃん、美希との約束わすれてない？」

「約束?」

「クリスマスプレゼントの下着、おねえちゃんが喜んだら、美希におだちん払うって約束。ちゃんと喜んでたし、約束のおだちんちょーだい」

言われて思い出した。

確かにそんな約束をしていた。

子どもとの約束を破るのは、教育上よろしくないのも確かなので、三代はお年玉も兼用でお駄賃をあげることにした。

一万円はさすがに多すぎるし、三代としても痛い出費なので、千円札を数枚ほどだ。

志乃が戻ってくる前に、急いで近くのコンビニでポチ袋を買ってお札を詰め、美希に渡した。

「ふへっ……」

美希はポチ袋のお札を確認すると、指でピンと弾いてニヤりと笑った。

教育上、というのを考えるのであれば、美希の場合、約束を反故《ほご》にしてあげない方がよかった感を三代は感じるが……もうあげてしまったのだ。今さらどうしようもなかった。

「ん? なんか美希が気持ち悪い笑顔になってるんだけど?」

「べっつにー。おねえちゃんにはかんけーないよ」

「そう？」

なにも知らないのは志乃だけだ。だが、知らない方が志乃にとってはよいことであるハズだ。少なくとも三代はそう思うのであった。

エピローグ

残り僅かであった冬休みを消化し、三学期がやってきた。

終業式の時と同じく、耳を傾けない生徒だらけの始業式を経て自分のクラスへと戻り、ホームルームが行われる。

三代《さんだい》はその話を右から左に聞き流した。

大半の行事が自分と関係ないと思っている癖が抜けないせいで、テスト関連以外のことについてはあまり頭に入って来ないのだ。

なので、自分と同じく行事に関心が薄い志乃と、ノートを破って折り紙を作って見せあっていた。

「鶴できた～」

「俺は恐竜作った」

「ちょ、ちょっと待って、それどうやって作ったの？」

「これをこうしてだな……」

そんな時だ。誰かが〝バン！〟と机を強く叩《たた》いた。一体何事かと全員が振り返ると、そこに深々と頭を下げる委員長がいた。

「突然だが、君たちに大切なことを伝えていなかった。……この謝罪で許して欲しい」

まるで汚職をした政治家の謝罪会見のような雰囲気だが、一体何についての謝罪なのかこの場にわかる者がおらず、皆がキョトンとなっていた。

「委員長……？」

「もーいきなり何よ委員長」

「なんだよ急に。どうした？」

委員長は絞り出すような掠《かす》れた声で、

「……三月にある修学旅行の行き先なのだが、実はボクたちのクラスだけ決まっていない」

その一言に、クラスの全員が硬直した。

「行き先はクラスで決めることになっている修学旅行だが……あろうことかボクは忘れてしまっていて……話し合いをする機会を逃してしまっていた」

眼鏡を外し委員長が涙を拭った。

教室内がシーンと静まり帰る。だが、やがて、クラスメイトたちの視線は担任教諭である中岡《なかおか》に注がれた。

「はぁ……」

中岡は見つめられていることに最初気づかず、しばしの間ぼうっと窓の外を眺めて溜《た》め息《いき》を吐《つ》いていた。

だが、まもなくして視線を感じ取ると、額に脂汗を浮かべて取り繕い始めた。

「お、おい待てお前たち。今朝の職員会議でうちのクラスだけ決まっていないことがわかって……私も校長からかなり怒られたんだ。そんな責めるような目で見るな。既に私は怒られている」

三代がバニーガール姿を目撃した時以来の焦《あせ》りようであり、その姿から割ときつく校長から叱られたのが見て取れる。

ちなみにだが、〝誰も気づかなかった〟というのには、当然だがきちんとした理由があった。

修学旅行については、二学期が始まってすぐの頃までは、実は中岡と委員長の二人の頭の中にはあった。

だが、その後に起きた出来事に問題があった。

それは何かと言うと、三代と志乃の間に立った噂《うわさ》と、そこから間を置かずに電撃的に公表された交際だ。

各方面に衝撃を与えたこの展開に気を取られて、忘れてしまった、というのが事の顚末《てんまつ》だ。

そのうちに冬休みに突入、という流れである。

クラスメイトの中には、他クラスや部活動での仲間たちとの何気ない会話で修学旅行の話題が出た時に、「あれそういえば」と気づきかけた者もいるにはいたが……。

しかし、『でも、クラスメイトが誰も指摘しないのはおかしいし、もしかすると決まったのを自分が忘れたのかもしれない』とスルー。

ドミノ倒しやピタゴラスイッチのように、修学旅行について誰も話に出さない流れが綺《き》麗《れい》に構築され、ここまできてしまった。

そして、この事態の元凶たる三代と志乃は、自分たちがそうであると気づくことはなく、『何か大変なことになってるなぁ』と、他人事《ひとごと》のような顔をしていたのであった。

あとがき

一巻のあとがきで、『二巻を（見切り発車で勝手に）書きはじめていたりもします』とお伝えしていましたが、実はそれを大幅に書き直すことになり、初稿を提出するまで個人的にてんやわんやでした――いえ、そんな私の事情は横に置きまして……。

三代《さんだい》くんと志乃《しの》ちゃんの交際がさらに進展し、お互いの家族も登場しながら心だけではなく体の繋《つな》がりも深まり、ようやく物語も動きはじめた二巻です。

今巻では、志乃ちゃんだけではなく、主人公の三代くんの背景にも若干ですがフォーカスが当たりました。

人は誰しも、大なり小なり心に傷を抱えていると思います。それは多感な十代の時期にあって表面に出やすいものだとも思いますし、過去の傷を引きずっているのは志乃ちゃんだけではなく、三代くんも同じなのが判明しました。

年齢のわりに淡泊で大人びたように見える三代くんですが……自分の過去について割り切ったように振る舞いながらも、それでも、感情の面で完全には受け入れてはいない部分があるようです。

そして、そんな三代くんの内面を、志乃ちゃんは背景を深く知らなくてもすぐに察して頭を撫《な》でて慰める展開に……。

本作は自由に動く主体性があるキャラクターが多く、志乃ちゃんも当然そうですので、主人公がヒロインを慰める王道の逆の展開になってしまいました。

予定調和のストーリー、というものが本作では無理そうで、著者の私ですら想像もしていなかった展開になることがあり、キャラクターにも命があって生きている、ということを強く認識している次第です。

想定通りに動いてくれなくて困ったなぁ……なんて思いますが、無理に操ろうとしてもきっとよい結果にはなりません。ですので、著者であると同時に一人の読者として、私もこの物語の行く末を見守ろうと思います。

最後に謝辞を。

まずは読者の皆さま。応援してくださいました皆さまのお力があってこそ、こうして二巻を出すことができました。ありがとうございます。

続いてファンタジア文庫編集部の皆さま、担当編集の竹ちゃん、ありがとうです。今回も美麗なイラストで作品を彩《いろど》ってくださった緋月《ひづき》ひぐれ先生、校正・校閲・装丁の各担当者さま、印刷所の皆さま、流通や各書店、電子書籍のサイトの皆々さまも、本当に感謝です。

追記：最近、ミニ薔薇《ばら》の苗を買いました。でも、すぐに普通の薔薇も欲しくなって、強香の薔薇を買い足しました。

四季咲きの薔薇なので、あとがきを書いている秋の今も少し咲いていますが……やはり薔薇は春が一番キレイに咲いて香るものだと思います。

順調に行けば、三巻が出る頃に、見頃を迎えてくれそうです。

富士見ファンタジア文庫

うしろの席《せき》のぎゃるに好《す》かれてしまった。2
もう俺《おれ》はダメかもしれない。

令和4年12月20日　初版発行

著者――陸奥《みちのく》こはる

発行者――山下直久
発　行――株式会社KADOKAWA
〒102-8177
東京都千代田区富士見2-13-3
0570-002-301（ナビダイヤル）
印刷所――株式会社暁印刷
製本所――本間製本株式会社

ISBN978-4-04-074771-2 C0193　◇◇◇

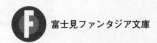

学校
……じろじろ見ないで
【朗報】
俺の許嫁になった地味子、家では可愛いしかない。
秘密の結婚生活《ラブコメ》!

ファンタジア文庫
甘えていい？
家
著者：氷高悠
イラスト：たん旦
親同士の約束で俺に嫁（３次元）ができた!?
相手は地味で目立たない同級生・綿苗結花。
「最近の推しは誰ですか!?」「遊くん…って呼んでもいい？」
趣味もピッタリ、意気投合。
しかも、慣れたら学校では想像できないほど大胆に！
彼女の素顔と、２人だけの生活は可愛さしかない!?
クラスのあの子と

「す、好きです!」「えっ? ススキです!?」。
陰キャ気味な高校生・加島龍斗は、
スクールカースト最上位&憧れの白河月愛に
罰ゲームきっかけで告白することになった。
予想外の「え、だって今わたしフリーだし」という理由で
付き合うことになった二人だが、
龍斗はイケメンサッカー部員に告白される
月愛の後をつけて盗み聞きしてみたり、
月愛は付き合ったばかりの龍斗を
当たり前のように自室に連れ込んでみたり。
付き合う友達も遊びも、何もかも違う2人だが、
日々そのギャップに驚き、受け入れ合い、
そして心を通わせ始める。
読むときっとステキな気分になれるラブストーリー、
大好評でシリーズ展開中!

ありふれた毎日も
全てが愛おしい。

済みなキミと、
ゼロなオレが、
き合いする話。

ファンタジア文庫
何気ない一言も
キミが一緒だと
経験
経験
お付
著／長岡マキ子
イラスト／magako

切り拓け!キミだけの王道
ファンタジア大賞
原稿募集中!
賞金
《大賞》300万円
《金賞》50万円 《銀賞》30万円
選考委員
細音啓 「キミと僕の最後の戦場、あるいは世界が始まる聖戦」
橘公司 「デート・ア・ライブ」
羊太郎 「ロクでなし魔術講師と禁忌教典《アカシックレコード》」
ファンタジア文庫編集長
前期締切 8月末日
後期締切 2月末日
公式サイトはこちら! https://www.fantasiataisho.com/
イラスト/つなこ 猫鍋蒼 三嶋くろね